Mathias Christiansen

Tod an der Grenze

MATHIAS CHRISTIANSEN

Tod an der GRENZE

SCM Hänssler

SCM

Stiftung Christliche Medien

Bestell-Nr. 394.895
ISBN 978-3-7751-4895-5

SCM Hänssler im SCM-Verlag GmbH & Co. KG · 71088 Holzgerlingen
Internet: www.scm-haenssler.de
E-Mail: info@scm-haenssler.de
Umschlaggestaltung: oha werbeagentur gmbh, Grabs, Schweiz;
www.oha-werbeagentur.ch
Titelbild: David Luscombe / istockphoto.com
Satz: Satz & Medien Wieser, Stolberg
Druck und Bindung: CPI – Ebner & Spiegel, Ulm
Printed in Germany

Werde ich morgen leben?
Ich kann es nicht sagen.
Aber ich weiß, dass ich heute nicht lebe.
Jimi Hendrix

Meinst du, ein toter Mensch wird wieder leben?
Die Bibel – Hiob 14,14

Danke

Jürgen für den zündenden Gedanken.
Frau und Kindern für die Freistellung.
Andreas für die Ermutigung.
Der Gruppe *delirious?* für die Musik.
Und schließlich und in erster Linie:
meinem Chef – für alles!

Prolog

Ostberlin,
Dienstag, 15. November 1983, 21:50 Uhr

Der Einsatzbefehl war in dem Augenblick gekommen, als Joachim Fork sich gerade mit dem Gedanken angefreundet hatte, dass an diesem Abend wohl nichts Aufregendes mehr passieren würde. Abgesehen von ein paar unwichtigen Meldungen, die er weitergeleitet hatte, war nichts Besonderes zu tun. Und als diensthabenden Offizier interessierten ihn die abendlichen Aufräum- und Reinigungsaktivitäten im Objekt wenig. Also hatte er sich entspannt zurückgelehnt und zum neuen *Sport-Echo* gegriffen, um die Zeit sinnvoll zu nutzen und ein wenig zu lesen. Aber die Zeitung war noch nicht einmal aufgeschlagen gewesen, als das Telefon geklingelt hatte und der Befehl gekommen war.

Schweigend hatte Fork den Anweisungen des Majors gelauscht und sie laut und deutlich wiederholt. So, wie es die Dienstvorschrift verlangte. Als er den Hörer auf die Gabel zurücklegte, war er im Bilde. Er wusste, worum es ging und dass einiges auf dem Spiel stand. Und er sah dem Ganzen mit gemischten Gefühlen entgegen, denn eine Sache würde anders sein bei diesem Einsatz. Eine entscheidende Sache: Er sollte das Kommando führen.

Es war nicht das erste Mal, dass sie mit dem Mannschaftswagen ausrückten. Direkt an die Grenze. Dorthin, wo seit zweiundzwanzig Jahren und drei Monaten der Weg zum Westteil der Stadt durch einen Stacheldrahtzaun, einen Betonwall und strenge Bewachung versperrt war. Dorthin, wo vor einer Woche mehrere Kompanien damit begonnen hatten, eben diesen Wall, den sie nicht nur im Westen *Die Mauer* nannten, noch höher zu machen. Nach und nach und möglichst rasch sollte das Bauwerk um einen guten halben Meter an Höhe gewinnen. Drei Meter sollten es werden und damit ein für alle Mal unüberwindbar. Unüberwindbar, bedrohlich und abschreckend. So sollte sie sein, die Mauer. Und Fork zweifelte nicht im Geringsten daran, dass sie diese Anforderungen bald erfüllen würde.

Noch immer gelang es vereinzelten Waghalsigen, mit Leitern oder ähnlichen Hilfsmitteln die Sperranlagen zu überwinden und die Republik zu verlassen. Manche ließen Frau und Kinder zurück und setzten alles aufs Spiel. Fork hatte kein Verständnis für sie. Was wollten sie denn dort drüben, im angeblich so goldenen Westen? Ging es ihnen hier in der DDR wirklich so schlecht? Nein, dachte Fork, wer sich gesetzestreu und loyal dem Staat gegenüber verhielt, der konnte auch in der DDR ein gutes Leben haben. Er selbst war das beste Beispiel dafür: Nach der dreijährigen Armeezeit, die er bei den Grenztruppen abgeleistet hatte, war er zur Transportpolizei gegangen und hatte sich nebenher nach und nach zum Kriminalisten ausbilden lassen. Manchmal war es hart gewesen, aber niemals hatte ihn der Mut verlassen und immer hatte er ein Ziel vor den Augen gehabt: zur Kripo zu kommen. Zur Kripo zu kommen und Straftaten aufzuklären. Und dieses Ziel hatte er nun fast erreicht. In eineinhalb Monaten würde seine Einsatzzeit bei der Transportpolizei zu Ende gehen und er würde ab 1. Januar im Rang eines Oberleutnants bei der *K* anfangen. Mit knapp vierzig würde er endlich ein eigenes Büro bekommen. Manche seiner Kollegen kamen nie in diesen Genuss.

Joachim Fork griff nach seiner Uniformjacke und schob sich hinein. Auf dem Flur hörte er das Rennen schwerer Stiefel – die Kameraden waren also schon informiert und auf dem Weg zur Garage.

Schnell verließ Fork den Wachraum und eilte ebenfalls die Treppe hinunter. *Die Bande*, hinter der sie her waren und die es dingfest zu machen galt, nutzte die Gier der Menschen nach dem Westen aus und versuchte von Zeit zu Zeit, Bürger der DDR nach Westberlin zu schleusen. Offiziell hieß es natürlich, es handele sich bei den flüchtenden Personen um imperialistische Agenten, aber so gut wie jeder wusste, dass es einfache Bürger waren, die – aus welchen Gründen auch immer – abhauen wollten. *Rübermachen*, wie die Sachsen unter Forks Kollegen es nannten.

Zwei Fluchtversuche hatten sie bislang vereiteln können, mindestens drei weitere waren geglückt. Klar, dass die für den Einsatz verantwortlichen Genossen langsam die Nerven verloren. Wollten sie noch eine Weile auf ihren Posten bleiben, mussten sie zusehen, dass jeder weitere Fluchtversuch unter allen Umständen verhindert wurde. Und Fork brauchte nicht viel Fantasie, um sich auszumalen, was damit gemeint war.

Es war nicht unbedingt üblich, die Transportpolizei bei Einsätzen wie diesen hinzuzuziehen, und genau das schien für Fork der beste Beweis, wie ernst die Sache in Wirklichkeit war: Sämtliche verfügbaren Genossen, die auch nur im Entferntesten etwas mit der Grenze zu tun hatten, waren im Einsatz.

Draußen peitschte der Regen; schneidender Wind drang Fork entgegen und er kniff seine Augen zu schmalen Schlitzen zusammen. Für Mitte November war es schon außerordentlich kalt geworden.

Nebenan schwang das Tor der Ausfahrt auf und der Mannschaftswagen rollte mit aufgeblendeten Scheinwerfern heraus. Fork setzte sich mit schnellen Schritten in Bewegung und brachte sich mit einem kühnen Sprung auf die kleine Trittleiter an der Beifahrerseite. Ohne dass der Wagen abbremsen musste, öffnete Fork die Tür und schob sich auf den Sitz.

Der Fahrer grinste und Fork wusste warum: Er war bekannt für seinen *Aufschwung*, wie sie es hinter seinem Rücken nannten. Aber als einem der jüngeren und vor allem schlankeren unter den Genossen der Transportpolizei fielen ihm derartige Übungen nicht sonderlich schwer. Und außerdem, so dachte er, würde ihn eine solche Eigenheit vor den Genossen, deren Vorgesetzter er war, etwas sympathischer erscheinen lassen. Viele Möglichkeiten für ein bisschen Spaß und Menschlichkeit gab es nicht in diesem Dienst - er war Offizier, die anderen einfache Soldaten. Da galten klare Regeln.

Zehn Minuten später waren sie am Einsatzort. Ein junger Grenzsoldat öffnete ihnen das Tor und der Fahrer bog in Höhe der *Esplanade* auf den betonierten Postenweg ein. Mit abgeschalteten Scheinwerfern rollten sie ein paar Meter entlang des Sperrzauns in Richtung Süden, auf den S-Bahnhof Bornholmer Straße zu.

Hier in diesem Grenzbereich vermutete man die geplante Flucht. Woher der Hinweis kam und ob er zuverlässig war, wusste Fork nicht. Der Major hatte sich zu diesem Thema ausgeschwiegen und Fork war klar, dass er ohnehin nur so viel erfahren würde, wie unbedingt nötig. Mit der Bande, hinter der sie her waren, war nicht zu spaßen, das wusste er. In beiden Fällen, in denen es ihnen gelungen war, eine Flucht zu verhindern, war es ihnen nur vergönnt gewesen, die Flüchtenden selbst zu fassen, nicht jedoch die Hintermänner. Und die Festgenommenen waren keine große Hilfe. In den Verhören gaben sie übereinstimmend zu Protokoll, die Namen der Fluchthelfer nicht zu kennen. Alles sei über *Mund-zu-Mund-Propaganda* abgelaufen. Nun ja ... Aber einiges deutete dennoch darauf hin, dass auch Bürger der DDR zu der Bande gehörten.

Mit quietschenden Bremsen hielt der W 50 am Sperrzaun.

»Alles absitzen«, befahl Fork mit gedämpfter Stimme und empfand es irgendwie als lächerlich, einen Befehl zu flüstern, anstatt zu brüllen.

Er, der junge Leutnant, der an diesem Tage zum ersten Mal das Kommando für die Besatzung dieses Fahrzeugs bekommen hatte, trug die volle Verantwortung. Mit allen Konsequenzen, die sich daraus ergeben konnten. Einschließlich eines möglichen Feuerbefehls ...

Fork wusste nicht, ob er wirklich schießen würde. Er hatte schon während seiner Armeezeit an der Grenze oft über diese Frage nachgedacht, aber er war zu keinem klaren Ergebnis gekommen. Würde er schießen? Würde er einen Menschen töten? Er hatte es stets als vollkommen abstrakte, als undenkbare und irreale Vorstellung empfunden und die Frage beiseitegeschoben, in der Hoffnung, nie in eine solch fatale Lage zu geraten. Nie in die Lage zu geraten, einem Grenzverletzer gegenüberstehen zu müssen. Und jetzt war genau diese Situation da. Jetzt war es sehr wahrscheinlich, dass er es mit echten Grenzverletzern zu tun bekäme.

Die Situation war ernst. Ernster als je zuvor, denn er trug das Kommando. Er war verantwortlich. Nicht nur für sich selbst, sondern auch für die Genossen, deren Vorgesetzter, deren Befehlsgeber er war.

Vorsichtig und darauf bedacht, Geräusche zu vermeiden, stiegen sie vom Lkw. Fork wies die Genossen an, sich in einem Abstand von je fünfundzwanzig Metern entlang des Schutzzaunes zu postieren, die Augen und Ohren offenzuhalten und auf weitere Befehle zu warten.

Er selbst bewegte sich zum nördlichen Ende des Grenzabschnitts.

Fork wusste, dass die Genossen der Grenztruppen die andere, die nach Westen gelegene Seite der Gleise, ins Visier genommen hatten. Die Aufteilung war offensichtlich aus Sicherheitsüberlegungen heraus getroffen. *Man könnte es auch* Angst *nennen*, dachte er. Die Chefs der Grenzabschnitte trauten ihren eigenen Genossen nicht über den Weg. Noch weniger aber trauten sie den Kollegen anderer Einheiten. Transportpolizei, Volkspolizei, Bautruppen - alles, was nicht dauerhaft im Bereich der Staatsgrenze Dienst tat, war ihnen suspekt.

Plötzlich rief ihn jemand; halblaut nur, aber hörbar. Fork brauchte nur einen Moment, um zu erkennen, wer gerufen hatte: Es war einer der Unteroffiziere, einer von den jüngeren, die noch nicht lange bei der Transportpolizei waren. Fork trat zu ihm und der Genosse wies auf einen dunklen Gegenstand, der zwischen den Gleisen lag.

Es war ein Rucksack. Und er gehörte definitiv nicht hierher.

Es musste also tatsächlich jemand hier gewesen sein. Jemand, der etwas im Schilde führte. Jemand, der ... Es gehörte nicht viel Fantasie dazu, sich vorzustellen was.

Fork ging in die Hocke und betrachtete den Tornister. Er war dunkelblau und stammte offenbar aus westlicher Produktion. Es würde interessant sein zu sehen, was sich in seinem Innern befand, aber dazu mussten zuerst alle Spuren gesichert werden. Zumindest die, die der Regen übrig gelassen hatte.

Fork erhob sich wieder und taxierte die Umgebung. Es war niemand zu sehen. Die Frage war also, wohin der Besitzer des Rucksacks verschwunden war. Weit konnte er eigentlich nicht gekommen sein - zumindest nicht in Richtung Westen, die Bewachung war aufgrund der Alarmierung heute Nacht lückenlos.

Fork erhob sich und wies den Unteroffizier an, die anderen Genossen zu verständigen und die Spurensicherung anzufordern. Er selbst blieb am Fundort und hielt Wache.

Es dauerte keine drei Minuten, bis der Unteroffizier zurückkehrte, mehrere Grenzsoldaten und zwei Zivilisten im Schlepp, von denen Fork annahm, dass sie zum Ministerium für Staatssicherheit gehörten. Sie schalteten kleine Taschenlampen ein und leuchteten den Rucksack ab, während der Unteroffizier die Umstände des Fundes schilderte.

Fork trat einen Schritt zur Seite und folgte mit seinem Blick einer S-Bahn, die in Richtung Oranienburg unterwegs war und an ihnen vorbeiratterte. Ob jemand im Zug davon Notiz nahm, dass heute Abend hier etwas Ungewöhnliches vorging? Das sich etwas tat, hier an der Mauer?

Fork sah, wie der Zug in den Bahnhof Pankow einfuhr und zum Stehen kam. Ob jemand ein- oder ausstieg konnte er auf die Entfernung nicht genau erkennen und im Grunde war es auch nicht wichtig. Fork wandte seinen Blick von der S-Bahn ab und wollte sich gerade wieder dem Geschehen rund um den Rucksack zuwenden, als er einen eigenartigen Schatten wahrnahm. Einen Schatten, der ihn irgendwie ... alarmierte.

Was war es? War es überhaupt etwas gewesen oder hatte er sich getäuscht? Langsam ging Fork einige Schritte in die Richtung, in der er meinte, den Schatten wahrgenommen zu haben. Er war sich nicht sicher, aber irgendetwas sagte ihm, dass dort drüben bei den Baracken etwas oder *jemand* war. Vorsichtig und immer darauf bedacht, keinen Lärm zu verursachen, schlich er voran. Wenn es wirklich eine Person war und Fork sich nicht getäuscht hatte, dann war diese Person drauf und dran, in Richtung des Rangierbahnhofs zu verschwinden.

Für einen Augenblick blieb er stehen und drehte sich um. Die Genossen waren noch immer mit ihren Taschenlampen an der Stelle zugange, an der sie den Rucksack gefunden hatten. Keiner hatte mitbekommen, dass Fork sich entfernt hatte.

Er wusste, dass er sich entscheiden musste: auf eigene Faust weitergehen oder zurück, um die Kameraden zu alarmieren. Zu dumm, dass er kein Funkgerät bei sich trug.

Fork entschied sich, seiner Intuition nachzugeben und die Person zu verfolgen, die er im Verdacht hatte, ein Fluchthelfer zu sein. Wer sonst kannte sich hier aus? Wer wusste um die Möglichkeit, auf diesem Weg das Grenzgebiet und das Bahngelände zu verlassen?

Schnell nahm Fork Tempo auf und setzte seine Verfolgung fort. Die Silhouette der Person vor ihm befand sich mittlerweile genau auf der Bahnbrücke hinter dem S-Bahnhof Berlin-Pankow und bewegte sich auf den Ablaufberg der Rangieranlage zu.

Fork dachte einen Moment lang nach, änderte dann die Richtung und überwand die Brücke auf dem südlichen Aufleger, auf dem sich die Gütergleise befanden. *Weiter, schneller,* rief er sich selbst zu. *Schneller, du musst schneller sein …*

Irgendwann erreichte er die kleine Holzbude der Rangiermeister und drückte sich gegen die Außenwand. Eine Schaufel, die dagegen gelehnt war, drohte umzustürzen. Doch Fork fing sie rechtzeitig auf und stellte sie behutsam an die Hauswand zurück.

Dann sah er den Mann. Er kam rasch näher, bewegte sich direkt auf ihn zu. Fork merkte, wie sein Herz schneller zu schlagen begann, und er versuchte sich zur Ruhe zu zwingen. Mit zitternden Händen griff er nach seiner Dienstwaffe und zog sie aus dem Halfter. Als der Mann noch vielleicht zehn Meter entfernt war, trat Fork aus seiner Deckung hervor und rief den Unbekannten an: »Halt! Stehen bleiben! Transportpolizei!«

Der Mann gehorchte wie auf Kommando. Verdattert blieb er stehen und schien vollkommen überrascht zu sein. Forks Hoffnungen, dass es sich bei dem Mann vielleicht doch nur um einen Bahnarbeiter handeln könnte, wurden durch dessen erschrecktes Verhalten enttäuscht.

Fork trat einen Schritt nach vorn. Es war außerordentlich dunkel an dieser Stelle des Rangierbahnhofs und noch hatte Fork das Gesicht des Mannes nicht gesehen.

Als er zwei Schritte gemacht hatte, sprang der Unbekannte zur Seite, überwand ein paar Signalspanndrähte und steuerte die Ausfahrt der Laderampe an.

»Stehen bleiben!«, brüllte Fork erneut und setzte sich ebenfalls in Bewegung.

Der Mann stolperte und stürzte. Schnell rappelte er sich wieder auf und versuchte, seine Flucht fortzusetzen, aber in diesem Moment hatte Fork ihn erreicht, riss ihn an der Jacke herum und ... Fork glaubte seinen Augen nicht zu trauen: Es war Bernd! Sein eigener Bruder stand vor ihm!

»Bernd!«, keuchte er. »Bist du übergeschnappt? Was hast du hier zu suchen?«

Regen prasselte auf sie hernieder und im gelblichen Schein der Laternen des Rangierbahnhofs glaubte Fork, so etwas wie Hass im Gesicht seines Bruders zu erkennen.

Fork konnte es einfach nicht glauben - sein eigener Bruder war ein ... Feind der Republik? Ein Krimineller? Einer, der mit den imperialistischen Aggressoren im Westen gemeinsame Sache machte?

Ohne zu antworten, riss sich Bernd los und versuchte weiter zu fliehen.

»Bleib stehen!«, brüllte Fork. »Bleib endlich stehen, du feiger Hund!«

Aber Bernd blieb nicht stehen, sondern versuchte davonzukommen.

Fork umfasste seine Pistole fester, während er Bernd hinterherrannte. Unter seinen Stiefeln knirschte der Schotter und es kostete ihn einige Kraft, vorwärtszukommen ohne zu stolpern. Aber dieses Problem machte auch Bernd zu schaffen; er kam immer wieder ins Schlingern.

»Bleib doch endlich stehen!«, rief Fork erneut, aber deutlich leiser. Langsam ging ihm die Puste aus. Er riss die Pistole hoch und entsicherte sie. In dem Moment, als er sie in die Höhe hielt, um den bei flüchtenden Tätern vorgeschriebenen Warnschuss abzugeben, wurde ihm zum ersten Mal die Tragweite dieser Situation bewusst: Wenn er die Vorschriften nicht verletzen wollte und sein Bruder auf den Warnschuss nicht reagieren und stehen bleiben würde, dann …

In diesem Augenblick stürzte Bernd erneut. Diesmal über eine unbeleuchtete Weichenlaterne, die er offenbar nicht bemerkt hatte. Fork beschleunigte seinen Lauf und war in wenigen Augenblicken bei Bernd, der gerade mühsam versuchte, sich wieder aufzurappeln. Fork griff nach der Jacke seines Bruders und zerrte ihn zu Boden. Die Waffe fiel ihm aus der Hand.

»Lass mich los«, stöhnte Bernd. »Lass mich verschwinden. Ich habe euren Staat so satt! Ich will nur weg, verstehst du? Nur weg …«

Fork drückte den Kopf seines Bruders auf das Gleisbett und versuchte, ihm einen Arm auf den Rücken zu drehen. Es war eine total verrückte Geschichte, in die er hier geraten war. Eine elende und vollkommen wahnsinnige Geschichte. Sein eigener Bruder, ein Krimineller!

Joachim Fork schossen tausend Gedanken durch den Kopf: Welche Strafe erwartete Bernd? Sicher würde er für viele Jahre ins Zuchthaus wandern. Und was wäre, wenn er ihn laufen ließe? Wenn er behaupten würde, Bernd sei geflohen? Würde man ihm glauben? Nein, diese Version würde ihm keiner abnehmen, selbst wenn sie stimmen sollte. Man würde Sippenhaft betreiben und anstelle von Bernd ihn einsperren. Und dann …

Ehe er zu einem Entschluss kam, wie er mit Bernd weiter verfahren sollte, riss dieser sich aus der Umklammerung los und hatte Forks Pistole in der Hand.

»Mensch, Bernd«, keuchte Fork, »mach doch keinen Mist!«

Bernd sprang auf und hielt den Lauf der Waffe auf Fork gerichtet. Langsam, Schritt für Schritt ging er rückwärts und entfernte sich von seinem Bruder, der seinerseits versuchte, sich aufzurichten, um ihm zu folgen.

»Bleib wo du bist!«, schrie Bernd und seine Stimme hatte einen merkwürdigen Klang. Einen so merkwürdigen Klang, dass Fork in der Bewegung innehielt.

Aus dem Augenwinkel heraus glaubte er wahrzunehmen, dass sich auf der Ladestraße etwas bewegte. Hatten die Genossen mitbekommen, wohin er gegangen war, und beobachteten nun, dass hier am Ablaufberg etwas Dramatisches passierte?

Bernd war mittlerweile gute zehn Meter entfernt und Fork nahm an, dass er sich im nächsten Moment umdrehen und davonlaufen würde. Aber das passierte nicht. Stattdessen blieb er stehen. Er blieb einfach stehen und rührte sich nicht.

Fork zögerte einen Augenblick. Eine Sekunde oder vielleicht auch zwei. Nicht länger. Dann sprang er auf, rannte auf Bernd zu und trat diesem direkt in den Bauch. Beide stürzten zu Boden und Fork fragte sich, warum sein Bruder überhaupt stehen geblieben war und ob er ihn jetzt vielleicht abknallen würde.

Aber Bernd schoss nicht. Er lag da, blickte Fork direkt in die Augen und in seinem Gesicht stand ein eigenartiger Ausdruck, den Fork nicht beschreiben konnte und den er auch noch nie zuvor bei seinem Bruder gesehen hatte.

Durch den Hauch, den sie beide beim schnellen Atmen ausstießen, sah Fork plötzlich einen Schatten von links auf sie zukommen. Erst glaubte er, es sei einer von den Genossen, aber dafür war der Schatten entschieden *zu groß*. Dann wusste er, was es war: Ein Güterwagen! Er rollte fast lautlos heran und Fork bekam Angst. Es war keine gute Idee, sich hier im Gleisbett zu prügeln. Es war gar keine gute Idee.

»Da!«, stieß er hervor und deutete auf den näher kommenden Waggon. Bernd schien schnell zu begreifen, denn er rollte sich instinktiv zur Seite und riss Fork mit sich. Der Güterwagen war inzwischen fast auf ihrer Höhe und Fork hörte das leichte Zischen der Räder. Es war wie ein leises Singen. Wie eine Melodie. *Eine Melodie*, dachte er, *eine schöne Melodie inmitten dieser unwirklichen Szene.* Das Singen wurde lauter und die Melodie dramatischer, und eigentlich war das Singen gar kein Singen mehr, sondern ein Schreien.

Ein furchtbares, ein wahnsinniges Schreien. Ein unmenschliches Schreien und Fork drückte die Hände auf seine Ohren, um es nicht länger ertragen zu müssen. Dann riss es mit einem Schlag ab und in diesem Moment erkannte Fork, woher das Schreien gekommen war: Sein Bruder lag blutüberströmt neben ihm und war … tot.

1. Kapitel

Berlin, 21. Dezember 2006

Brodersen stand am Küchenfenster und starrte in die Dämmerung. In der Scheibe spiegelte sich sein unrasiertes Gesicht und er erschrak darüber, wie schrecklich er im schwachen Licht der Adventsbeleuchtung aussah.

Der Kommissar wusste, dass er älter geworden war. Aber so alt? Er fühlte sich vollkommen ausgelaugt und zerschlissen. Seit drei Wochen war er krankgeschrieben. Offiziell litt er an einer schweren Bronchitis, aber der Arzt hatte kein Geheimnis daraus gemacht, dass sein Leiden wohl ganz andere Ursachen hatte. Bei Frauen würde man es Wechseljahre nennen, hatte der Doktor gesagt und eine ebenso undefinierbare wie süßsaure Grimasse dazu geschnitten. Nun denn, *die ganze Wahrheit* hatte Brodersen ihm auch nicht gesagt.

Seit er im vergangenen Jahr geheiratet hatte, fühlte der Kommissar sich zwar in mancher Hinsicht besser, aber in stillen Momenten musste Brodersen sich zu seiner eigenen Verwunderung eingestehen, dass er so richtig glücklich nicht war. Er hatte hin und her überlegt, war aber zu keiner Erkenntnis gelangt, woran dies liegen könnte. Christiane war eine treu sorgende Ehefrau, intelligent, attraktiv, warmherzig, aber irgendetwas schien trotzdem zwischen ihnen zu stehen. Irgendetwas, das Brodersen weder benennen noch erklären konnte.

Vor ziemlich genau vier Jahren war Christiane in sein Leben getreten. *Wieder* in sein Leben getreten, musste man wohl sagen, denn exakt siebzehneinhalb Jahre zuvor hatte er ein Verhältnis mit ihr gehabt. Ein Verhältnis, das nicht folgenlos geblieben war. Nur dass Brodersen bis zum neuerlichen Auftauchen seiner ehemaligen Freundin nichts von seiner Vaterschaft gewusst hatte und ebenso erstaunt wie geschockt war, als ein junger Mann, der den Namen

Stefan trug, eines Nachmittags völlig unvermittelt vor Brodersens Haustür gestanden und sich als sein Sohn vorgestellt hatte.

Ob das der Grund für seine Probleme war? Dass er nicht damit zurechtkam, dass Christiane ihm seinen Sohn so lange vorenthalten hatte? Andererseits: Hätte er je Zeit gehabt, sich um ein Kind zu kümmern? Bei dem Job?

Und dann war da noch die *andere Sache*. Die, die ihm am meisten zusetzte und die sich mit Sicherheit auch auf seine Ehe auswirkte. Er hatte versucht, dem Ganzen mit Nüchternheit zu begegnen, aber es war ihm nicht gelungen.

Brodersen schloss für einen Moment die Augen und versuchte, an gar nichts zu denken. Das Einzige, auf das er sich konzentrierte, war seine Atmung. Er merkte, wie die kalte Fensterscheibe seinen Atem zurückwarf. Irgendwo in der Ferne hörte er schwach das Bellen eines Hundes.

Als das Telefon klingelte, schreckte er auf. Er rieb sich über die Augen und schlurfte in den Flur um abzuheben.

Eigentlich sollte ich gar nicht rangehen, dachte er und drückte im selben Moment auf den grünen Gesprächsannahmeknopf. »Brodersen.«

»Werner? Ich bin's, Thomas Koch. Wir haben hier ein Problem.«

Brodersen hob die Augenbrauen und schnitt eine Grimasse. Konnte der Kollege ihn nicht in Ruhe lassen? Ihn einfach vergessen?

»Es geht um eine merkwürdige Geschichte. Ein Mann ist verschwunden.«

»Das kommt öfter vor«, murmelte Brodersen halblaut in den Hörer, »aber soviel ich weiß, arbeiten wir bei der Mordkommission und nicht beim Vermisstendezernat. Und außerdem bin ich krank.«

»Ja, ja - du hast ja recht. Aber im Moment … Wir haben einfach keine Leute hier und daher … ich dachte, du könntest vielleicht … Der Mann wohnt ganz in deiner Nähe …«

Brodersen seufzte. Dann setzte er sich in Bewegung und schlich mit dem schnurlosen Telefon durch die Wohnung. »Sag mir einfach, was du von mir willst.«

»Ich wusste, du würdest uns helfen!« Koch klang erleichtert. »Es geht um einen Mann namens Rudow. Volker Rudow. Mitte vierzig. Ein Journalist. Von der *Tagespost*. Er ist seit gestern Abend als vermisst gemeldet.«

»Seit gestern Abend?«, unterbrach Brodersen seinen Kollegen barsch. »Soviel ich weiß, beginnen wir erst nach drei Tagen, etwas zu unternehmen ...«

»Es sei denn ...«

»Es sei denn, es gibt Anhaltspunkte für eine Straftat.«

»Und die gibt es.«

Brodersen, der feststellte, dass er inzwischen im Wohnzimmer stand, ließ sich in einen Sessel fallen. »Und welche sollen das sein?«

»Also - zunächst haben wir Rudows Wagen gefunden. Zwar sauber abgeschlossen, aber an einer sehr ungewöhnlichen Stelle.«

»Wo denn?«

»Am Blankenburger Pflasterweg. Im totalen Halteverbot. Fast auf der Fahrbahn und unbeleuchtet.«

»Das ist in der Nähe von diesem neuen Golfplatz, nicht wahr?«

»Dort draußen will niemand etwas mitbekommen haben«, fuhr Koch fort. »Ich war heute Vormittag persönlich dort. Niemand hat etwas gesehen oder gehört. Allerdings können wir Rudows Verschwinden inzwischen auf die Zeit zwischen gestern Abend und heute früh eingrenzen.«

»Wer weiß schon, was dahintersteckt«, entgegnete Brodersen, der merkte, dass ihn die Geschichte nicht sonderlich interessierte. Er war krankgeschrieben und hatte genug mit sich selbst zu tun. Und außerdem roch die ganze Sache stark nach der immer wieder zu erlebenden Flucht aus dem Alltag. Was hatte Koch gesagt, wie alt der Mann war? Mitte vierzig! *Na bitte*, dachte Brodersen, *genau das richtige Alter für derartige Kandidaten*. »Bei aller Liebe, Thomas«, sagte Brodersen schließlich, »ich denke, dass können die Leute vom örtlichen Abschnitt übernehmen, oder?«

Am Ende der Leitung breitete sich Schweigen aus. Im Hintergrund hörte man ein anderes Telefon klingeln.

»Werner«, sagte Koch nach einer halben Ewigkeit in die Stille.

»Ja?«

»Tut mir leid, dass ich dich gestört habe. Du hast vollkommen recht, es war keine gute Idee, dich mit dienstlichen Dingen zu belasten. Entschuldige die Störung.«

Noch ehe Brodersen etwas entgegnen konnte, hatte Koch aufgelegt.

Verärgert feuerte Brodersen das Telefon aufs Sofa, griff zur Fernbedienung und schaltete den Flimmerkasten an. Den Ton stellte er stumm. Auf keinem der Programme lief etwas, das den Kommissar beeindruckte. Eine Weile schaute er dem verzweifelten - weil ja tonlosen! - Gesang irgendeiner Popband zu, die inmitten unzähliger Rauchgeneratoren, bunter Lichter und sich drehender Kulissenelemente herumtobte. Das Publikum bestand fast ausnahmslos aus Jugendlichen, die auf Brodersen einen apathischen Eindruck machten und sich wie in Trance zu dem Lärm, den die Band offenbar produzierte, hin und her wiegten.

Massenpsychose, ging es dem Kommissar durch den Kopf. Wie leicht man Menschen in einen Bann ziehen und sich anhimmeln lassen konnte, war immer wieder beängstigend zu sehen. Wie leicht konnte man dieses Phänomen missbrauchen ...

Irgendwann schaltete Brodersen den Fernseher ab. *Es war unfair von mir*, dachte er. *Es war unfair von mir, wie ich Koch abgebügelt habe, eben am Telefon*. Natürlich, die Krankschreibung war eine Sache, aber wenn Koch eins und eins zusammenzählte, dann musste ihm klar sein, dass Brodersen zumindest in physischer Hinsicht keineswegs dienstunfähig war. Und wer weiß, vielleicht hatte es Koch ja auch gut gemeint und ihn auf andere Gedanken bringen wollen mit dieser *kleinen* Ermittlungsarbeit. *Das Gegenteil von gut ist gut gemeint*, dachte Brodersen. Und ob die Ermittlungsarbeit wirklich klein sein würde, war alles andere als klar. Vielleicht war es in der Tat so, wie Brodersen vermutete. Dass der Mann einfach nur aus seinem Alltag geflohen war. Vielleicht aber hatten sie es auch mit einem wirklichen Verbrechen zu tun.

Der Kommissar erhob sich und griff nach dem Telefon. Dann trat er ans Fenster und starrte hinaus. Er fragte sich, wo Christiane blieb. Und er fragte sich, was hinter dem Verschwinden dieses Journalisten stecken mochte. Und vor allem fragte er sich, wieso er das Gefühl nicht loswurde, das er in sich aufsteigen spürte. Das Gefühl, dem geheimnisvollen Verschwinden des Zeitungsmannes auf die Spur kommen zu wollen.

Brodersen atmete tief durch. Dann nahm er das Mobilteil, tippte Kochs Nummer ein und stellte eine Verbindung her. Mindestens ein Dutzend Mal wiederholte er den Vorgang, aber immer meldete sich nur Kochs Mailbox. Und mit einem Tonband wollte er nicht sprechen.

Also gut, dachte Brodersen, *du hast gewonnen*. Er lief in die Küche, riss ein Blatt vom *Post-it*-Block ab und kritzelte für Christiane eine Nachricht darauf, wo er zu finden sei und dass es möglicherweise spät werden könne. Den gelben Zettel heftete er an die Kühlschranktür, schnappte sich Jacke und Schlüssel und verließ das Haus.

Als er den Motor seines Volvos startete, sprang die Uhr am Armaturenbrett gerade auf sechzehn Uhr fünfzehn. *Beste Zeit für den Feierabendverkehr*, dachte er. Es würde voll sein auf den Straßen. Und er würde quer durch die Stadt müssen.

Nach einer knappen Stunde war er am Ziel. Als Brodersen das Präsidium betrat, spürte er ein mulmiges Gefühl in sich aufkommen. Ein Gefühl, das er weder definieren noch erklären konnte.

Eigentlich gehörte er hierher. Eigentlich war dies der Ort, an den er tagaus, tagein gefahren war; den er kannte wie die berühmte Westentasche. Und eigentlich hatte er sich hier im Großen und Ganzen immer wohlgefühlt. Gut, es gab manchmal Probleme – vor allem mit Kriminaloberrat Wieschalla, seinem Chef, aber der ließ sich notfalls ganz gut ignorieren. Trotzdem spürte Brodersen etwas, das ihm Angst machte. Etwas, das er nicht wirklich erklären konnte, das aber vermutlich im Zusammenhang damit stand, was während seines letzten Falles passiert war. Was das Schlimmste war, das ihm überhaupt jemals passiert war: Brodersen hatte einen Menschen erschossen.

Es war während einer üblen Geiselnahme geschehen und es war Notwehr gewesen. Die Geisel, eine junge Frau, war unverletzt geblieben, aber den Täter hatte es erwischt. Brodersen hatte keinen anderen Ausweg gesehen, das Leben der Frau zu retten, als zu schießen. Und er war sich sicher, dass jeder seiner Kollegen genauso gehandelt hätte. Ja, daran gab es wohl keinen Zweifel. Selbst der Staatsanwalt, der in einem solchen Fall stets eine Ermittlung führen und die Sachlage überprüfen musste, war sehr schnell zu dem Ergebnis gelangt, dass Brodersen in jeder Hinsicht nach geltendem Recht gehandelt hatte. Aber was bedeutete schon geltendes Recht, wenn man bis ans Ende seiner Tage mit dem Gedanken weiterleben musste, einem anderen Menschen das Leben genommen zu haben?

Als Brodersen vor seiner Bürotür angelangt war, zögerte er einen Augenblick. Er hatte den starken Mann gespielt und sich nichts anmerken lassen. Er hatte nicht einmal die Dienstbefreiung angenommen, die ihm der Polizeipsychologe verordnet hatte, wie es üblich war, nach derartigen Vorfällen. Nein, Brodersen hatte es abgelehnt. Wie selbstverständlich und als ob nichts passiert wäre, hatte er den Fall auch aktenmäßig zu einem Abschluss gebracht. Ein paar Tage ging es so weiter, bis Christiane ihn wegen einer Belanglosigkeit kritisierte, an deren Inhalt er sich gar nicht mehr erinnern konnte. Aber es musste der berühmte Tropfen gewesen sein, der das Fass zum Überlaufen brachte. Er war vollkommen ausgerastet, hatte wild gestikulierend herumgebrüllt und war dann in einen Zustand fürchterlicher Lethargie verfallen. Schließlich war er zu seinem Hausarzt gegangen und hatte sich krankschreiben lassen. Das Attest lief noch bis zum Ende des Monats. Heute war der einundzwanzigste.

Brodersen fuhr sich kurz mit der flachen Hand über das Gesicht. Dann zog er seinen Türschlüssel aus der Jackentasche und steckte ihn ins Schloss. Als er ihn herumdrehen wollte, stellte er zu seiner

Verwunderung fest, dass gar nicht abgesperrt war. Irritiert drückte er die Klinke nieder und öffnete die Tür.

Sein Büro war eine einzige Nebelwand. Es stank erbärmlich nach Tabakqualm und kaltem Kaffee und durch den Dunst hindurch konnte Brodersen im Schein seiner Schreibtischlampe die Silhouette seines Kollegen Jürgen Gronau erkennen.

»Werner!«, rief der und erhob sich hustend. »Was für eine Überraschung!«

Brodersen hob die Hände und winkte ab. »Ihr habt mich schon ausquartiert?«, brummte er halblaut. »Klar, die Einzelbüros sind ja begehrt ...«

»Quatsch!«, wehrte Gronau ab. »Bei mir hausen seit zwei Tagen die Maler. Daher hat Wieschalla mich kurzerhand in deine Bude gesteckt. Übermorgen - spätestens - ist der Spuk vorbei und du bist mich wieder los.«

Brodersen nickte. Dann trat er zum Fenster und öffnete es. Kalte Winterluft drang herein. »Wo steckt denn Koch?«

»Thomas?« Gronau deutete zum Fenster. »Der schlüpft grad eben in seinen Mantel. Hatte die Schnauze voll und wollte nach Hause für heute. Wieschalla knallt ihm jeden Mist auf den Tisch. Wir schaffen es kaum noch, wenigstens einigermaßen dranzubleiben. Da nützt auch der Neue nix, den wir zugeteilt bekommen haben.«

Brodersen warf dem Kollegen einen forschenden Blick zu. »Welcher *Neue* denn?«

Gronau verdrehte die Augen und winkte ab. »Am besten, du siehst ihn dir selber an. Ich will da gar nicht vorgreifen.« Mit diesen Worten ging Gronau zur Tür, öffnete sie, trat auf den Flur hinaus und ließ einen grellen Pfiff erklingen. »Hey! Thomas! Olli! Kommt noch mal zurück! Ihr werdet nicht erraten, wer bei mir ist ...«

Keine zehn Sekunden später steckte Brodersens Kollege Thomas Koch seinen Wuschelkopf durch die Tür des Büros und grinste breit. »Werner«, sagte er. »Ich wusste, dass du uns nicht wirklich würdest hängen lassen.«

Koch betrat Brodersens Büro und hatte einen jüngeren Blondschopf im Schlepptau, der mit einer zerschlissenen schwarzen Lederjacke bekleidet war.

»Das ist Kriminalkommissar Kellner«, sagte Koch und wies auf den Kollegen.

»Hmm«, brummte Brodersen und tat unbeteiligt. *Na, prost Mahlzeit*, dachte er. *Koch und Kellner!* Wenn das kein Zeichen war, da konnten sie hier ja bald ein Restaurant aufmachen …

»Wie wär's, wenn wir *du* sagen?«, fragte Kellner ganz ungezwungen und hielt Brodersen seine Hand hin. »Ich heiße Oliver.«

»Werner«, entgegnete Brodersen leicht missgelaunt und gab Kellner artig, aber mit leisem Widerwillen die Hand.

»*Werner?!*«, wiederholte der und grinste breit, »Werner?! So wie der mit *Eckat* und dem *Meister Röhrich*? Aus dem Film und den Comics?«

Brodersen nickte genervt. Er hatte so etwas in der Richtung befürchtet, als er seinen Vornamen genannt hatte. Der Witz war Jahre alt, aber in der letzten Zeit hatte ihn keiner mehr gebracht.

»Na dann, *Werner*«, Kellner grinste immer noch und zwinkerte abwechselnd Brodersen, Koch und Gronau zu, »auf gute Zusammenarbeit!«

Eine halbe Stunde später war Brodersen im Bilde. Koch und Kellner hatten ihm alles erzählt, was sie über den Fall des verschwundenen Journalisten Volker Rudow wussten. Viel war es nicht, aber die Sache mit dem aufgefundenen Fahrzeug hatte Brodersen hellhörig gemacht. Die Stelle, an der sie es gefunden hatten, war an sich zwar schon recht ungewöhnlich; vor allem aber hatte man eine Blutspur gefunden, die vom Auto auf die Straße führte. Allem Anschein nach stammte sie von Rudow. Das war in der Tat eine Sache, der nachgegangen werden musste.

Schließlich hatten Koch und sein neuer Gehilfe sich von Brodersen verabschiedet, nachdem sie ihm die zwei dünnen Schnellhefter mit den dürftigen Ermittlungsergebnissen überantwortet hatten, die bislang zusammengetragen worden waren. Brodersen blätterte die Hefter flüchtig durch und kam schließlich zu der Erkenntnis, dass dieser Fall nicht unbedingt oberste Priorität im gegenwärtigen Geschehen des LKA genoss.

»Sag mal«, begann Gronau, der inzwischen wieder hinter seinem (oder genauer gesagt Brodersens) Bildschirm saß, »dieser Rudow - war ein ... Journalist?«

Gronau schien nicht wirklich informiert zu sein und Brodersen fragte sich, ob sie während seiner Abwesenheit auf die täglichen Zusammenkünfte verzichteten, in denen die Entwicklungen ihrer aktuellen Fälle besprochen wurden. »Ja«, entgegnete er und rutschte auf dem Stuhl, auf dem er saß, ein Stück nach vorn.

»Ein Journalist also.« Gronau kratzte sich am Kopf. »Habt ihr nicht jetzt ständig welche da bei euch in Heinersdorf?«

Brodersen knurrte und hob die Augenbrauen. »Ja«, sagte er gequält, »seit einem halben Jahr belagern sie uns ständig - wegen dieser Moschee, die bei uns gebaut werden soll, und wegen der Proteste dagegen.«

Gronau nickte.

Brodersen nahm einen Schluck aus seiner Kaffeetasse, die ihm Koch gefüllt hatte, bevor er und Kellner verschwunden waren, und sah aus dem Fenster. Nach dem, was er gehört hatte, waren die Vertreter der schreibenden Zunft und die Fernsehteams nicht sehr beliebt in seinem Heimatort. Seit den Demonstrationen gegen den geplanten Moscheebau in ihrem Ort und dem - verständlichen - Interesse der Medien an derlei Vorgängen, gaben sich die Journalisten sämtlicher regionaler und überregionaler Zeitungen die Klinke in die Hand. Irgendwer hatte Brodersen erzählt, dass sogar eine Anfrage vom *Boston Globe* gekommen sei! Nun denn, wer wusste, ob das stimmte. Fakt war, dass nicht nur ARD und ZDF über Heinersdorf berichteten, sondern eben auch die Zeitungen. Und aus verschiedenen Richtungen hatte er Stimmen gehört, die Berichterstattung sei realitätsfern und einseitig gewesen; die Heinersdorfer seien pauschal als rechts gesinnt betrachtet und auch so beschrieben worden.

Sechstausend Menschen - so viele hatten ihre Unterschrift für ein Bürgerbegehren gegen die Errichtung der Moschee abgegeben. Waren sie alle fremdenfeindlich? Das konnte er eigentlich nicht wirklich glauben. Und soviel Brodersen wusste, hatte es in seiner Gegend auch noch nie Probleme mit Ausländerfeindlichkeit gegeben, ganz im Gegenteil. In den frühen 1990er-Jahren waren bosnische Kriegsflüchtlinge in Heinersdorf aufgenommen worden, deren Kinder die örtliche Schule besuchten und sofort integriert worden waren. So hatte man es Brodersen vor einiger Zeit erzählt und er hatte keinen Grund gehabt, daran zu zweifeln, dass diese Schilderungen der Wahrheit entsprachen. Und jetzt dieser Stimmungswandel? Nein, das konnte eigentlich nicht sein.

Brodersen sah zu Gronau hinüber, der sich die Augen rieb und zurücklehnte. »Bist du schon lange da?«

Gronau sah ihn fragend an.

»Heute, meine ich. Du siehst müde aus ...«

Gronau schob den Ärmel seines Oberhemdes zurück und schaute auf seine Armbanduhr. Dann seufzte er. »Seit achtzehn Stunden.«

Brodersen schüttelte den Kopf. »Wie wäre es dann mit ... Feierabend?«

Gronau nickte. Er erhob sich, griff nach seiner Jacke, die er über die Lehne seines Bürostuhls gehängt hatte, und schaltete den Computer aus. »Du hast ja recht«, sagte er müde. »Mal muss Schluss sein.« Dann schwang er sich die Jacke über die Schulter, winkte Brodersen mit erhobenem Arm zu und war im nächsten Moment durch die Tür verschwunden.

Brodersen saß eine Zeit lang auf seinem Stuhl und dachte an nichts. Irgendwann drehte er sich herum und legte den Finger an den Schalter seiner Schreibtischlampe. Es war fast Mitternacht. Zeit, endlich nach Hause zu fahren. Zeit, mit Christiane zu sprechen. Zeit, zur Besinnung zu kommen. Und außerdem: Was machte er eigentlich hier? War er nicht krankgeschrieben? Nichts und niemand konnte erwarten, dass er in diesem Fall hier auch nur im Ansatz eine Rolle spielen würde. Vor allem nicht die Ermittlerrolle ...

2. Kapitel

Er stand im Badezimmer vor dem Spiegel und zitterte. Er wusste, dass es passieren musste. Dass es heute passieren musste. Dass heute der richtige Zeitpunkt gekommen war. Alles war zu Ende. Heute.

Nein, er war kein Feigling; das war er noch nie gewesen.

Angst? Ja, Angst hatte er oft gehabt. Aber sich selbst gegenüber war er immer hart und unnachgiebig gewesen, in all den Jahren.

Viel war passiert, was hätte nicht passieren sollen. Viel war aufgebaut und wieder zerschlagen worden. Seine Karriere, seine Freundschaften, seine Ehe.

Langsam drehte er sich um und löschte das Licht. Dann schlich er in die Küche und lehnte sich gegen den Tisch.

Würde es schmerzhaft sein? Würde es lange dauern? Wie würde es sein?

Für einen Moment schloss er die Augen und atmete tief durch. Dann drehte er sich herum, zog die Schublade mit den Küchengeräten auf und griff nach einem Messer. Nach einem großen, kräftigen Tranchiermesser.

Ja, natürlich, er wusste, dass dies nicht die eleganteste Weise war, auf die man es machen konnte. Es würde kein schöner Anblick sein, gewiss nicht. Aber zu etwas anderem war er noch weniger in der Lage; eine Pistole besaß er nicht mehr und mit Tabletten konnte zu viel schiefgehen. Also verdrängte er den Gedanken an die Personen, die ihn finden würden. Es musste sein; es gab keine andere Lösung. Und außerdem hatte er es schließlich *verdient.*

Langsam ließ er sich auf dem Küchenstuhl nieder und versuchte, sich zu beruhigen. Durch das Fenster fiel das Licht der Straßenlaternen herein und warf einen kalten Schein auf den Tisch, an dem er saß.

Sein Blick fiel auf die Zeitung. Sie lag noch immer da, wo er sie vor einer knappen Woche hingeworfen hatte. Wo er sie hingeworfen hatte, nachdem er *es* gelesen hatte. Nachdem er gelesen hatte, dass sie *ihn* gefunden hatten. Dass sie ihn an offenbar genau derselben Stelle gefunden hatten, an der es passiert war.

Auf die Frage, warum sie ihn damals nicht fortgeschafft hatten, wusste er keine Antwort. Bis heute nicht. All die Jahre war er fest davon ausgegangen, dass sein Leichnam der Stasi in die Hände gefallen war, die ihn hatte verschwinden lassen. Warum auch immer. Sie würden ihre Gründe gehabt haben.

Ein paar Wochen nach der schrecklichen Nacht war er mehrmals verhört worden. Mehrmals hatten sie ihn erfolglos nach dem Verbleib seines Bruders befragt, aber nie hatte jemand von Bernds Tod gesprochen. Er hatte es stets als taktische Maßnahme angesehen. Als Warnung, dass er schweigen sollte. Schweigen über alles, was geschehen war. Den Genossen von der Staatssicherheit gegenüber und auch allen anderen gegenüber. Aber dass sie ihn dort hatten liegen lassen, dort auf dem Rangierbahnhof, das hätte er niemals für möglich gehalten.

Dass sie alles wussten, hatte er im Grunde zu keinem Zeitpunkt angezweifelt. Von Anfang an nicht. Seit der Nacht, in der es passiert war. Seit der Nacht, die sein Leben für immer verändert hatte: Er hatte seinen Bruder auf dem Gewissen. Und er hatte den Fehler gemacht, in dieser Nacht, in jenem Augenblick, einfach davonzulaufen. Zurück zu den Genossen. Den Fehler, so zu tun, als sei nichts passiert. Es war eine absurde Situation gewesen. Vollkommen absurd und er konnte später gar nicht sagen, warum er sich so verhalten hatte. Er war fest davon ausgegangen, dass der Vorfall beobachtet worden war. Dass man den Schrei seines Bruders gehört hatte. Und dass man ihn sofort nach seiner Rückkehr darauf ansprechen, ihn verhören würde. Aber dem war nicht so. Niemand sagte etwas. Sollte den Genossen tatsächlich verborgen geblieben sein, was geschehen war? Hatte er sich geirrt und sie hatten die Vorgänge im Gleis weder gesehen noch gehört? Wie war das möglich? Wie war es möglich, dass sich niemand für ihn und für das interessierte, was gerade passiert war. Rein äußerlich war ihm wohl nichts Außergewöhnliches anzusehen gewesen – das Blut, das sich an seinen Händen befunden hatte, hatte er verzweifelt und verwirrt im nassen Gras neben den Gleisen abgewischt - aber ansonsten? Nein, es war eine vollkommen absurde Situation. Und so hatte er den Fehler gemacht zu schweigen, statt laut zu sagen, was passiert war.

Ja natürlich, er hatte unter Schock gestanden und ja, er hatte furchtbare Angst gehabt. Aber nie hätte er geglaubt, dass die Sache einfach totgeschwiegen werden würde; dass niemand jemals auch nur im Ansatz ein Wort über die Tat verlieren würde.

Der Schock hatte nach einiger Zeit nachgelassen, die Angst war geblieben. Bis zum heutigen Tag. Die Angst und die Fragen: Warum waren sie nicht gekommen, ihn zu holen? Warum hatten sie Bernds Todesursache und die Zusammenhänge nicht untersucht?

Und jetzt? Nach dreiundzwanzig Jahren? Was würden sie jetzt herausfinden? Heute, wo es Genanalysen gab … Würden sie jetzt kommen?

Er griff nach dem Messer und setzte es mit zitternder Hand an seinen Puls. Sollten sie nur kommen. Und sie *würden* kommen. Sollten sie ihn nur finden. Es würde ohnehin zu spät sein …

3. Kapitel

Fünf Minuten nach Mitternacht verließ Kriminalhauptkommissar Brodersen das Präsidium des Berliner Landeskriminalamtes in der Tiergartener Keithstraße.

Während er durch die nächtlichen Straßen fuhr, dachte er daran, was Koch ihm über den verschwundenen Journalisten erzählt hatte. Was ihn dabei am meisten hatte aufhorchen lassen, war die Tatsache, dass sie eine Blutspur in der Nähe des Wagens gefunden hatten. Die Frage war, ob es Rudows Blut war oder das von jemand anderem. Brodersen vermutete, dass es nicht ganz so einfach sein würde, das auf die Schnelle herauszufinden. Es sei denn, Rudow war Blutspender oder sie hatten bereits sonstwo seine Blutgruppe vermerkt.

Wohin verschwand solch ein Mensch? Und weshalb? Einfach so? Brodersen hatte in seiner dienstlichen Laufbahn schon viel erlebt; auch jede Menge Vermisstenfälle. Meist steckte tatsächlich die Flucht aus einem vermeintlich grauen Alltag dahinter, oft waren andere Frauen oder Männer im Spiel und manchmal waren es Unglücksfälle. Nur sehr selten war ein echtes Verbrechen der Grund, wenn ein Mann in Rudows Alter verschwand, der kein Großindustrieller, Medienstar oder Politiker, sondern ein eher unbedeutender Zeitgenosse war. Wäre die Blutspur nicht gewesen, hätte Brodersen eine Straftat ausgeschlossen. Gut, das Auto war merkwürdig und ungewöhnlich abgestellt worden, aber sonst? Nein, wäre die Blutspur nicht …

Als Brodersen in Höhe des S-Bahnhofs Wollankstraße die ehemalige Grenze zwischen Ost- und Westberlin passierte, drehte er das Radio ab und schaltete den Polizeifunkempfänger ein, den er mit Zustimmung seines Chefs vor einigen Monaten in seinem privaten Wagen hatte installieren lassen. Mit halbem Ohr hörte er dem Gequäke zu, das aus den Lautsprechern drang, und merkte, dass ihn die aktuelle Lage im Grunde genauso wenig interessierte wie das sonore Gerede der Nachtmoderatoren des Hörfunks. Irgendwie schien es, als seien die Medienleute heutzutage alle ein bisschen durchgeknallt. Vermutlich war das bei Volker Rudow, dem verschwundenen Journalisten, nicht viel anders. Zwar arbeitete der, soweit sie wussten, nicht beim Radio, sondern nur bei der Zeitung, aber letzten Endes schien das alles derselbe Brei zu sein.

Brodersen setzte den Blinker und bog in die Florastraße ein. In diesem Moment wurde er hellhörig. Was hatte der Kollege aus der Leitstelle gerade per Funk durchgegeben? *Suizidversuch Retzbacher Weg*? Das war hier ganz in der Nähe, nur ein paar Hundert Meter von der Stelle entfernt, an der Brodersen sich im Augenblick befand. Und welchen Namen hatte er genannt? *Fork*? Hatte Brodersen das richtig verstanden, oder war es Einbildung? Der Kommissar warf einen raschen Blick auf die Uhr am Armaturenbrett. Es war genau null Uhr dreißig. Und er war müde und ausgebrannt. Möglich, dass ihm seine Nerven einen Streich gespielt hatten.

Aber die Sache ließ ihm keine Ruhe. *Fork*, dachte er, *Joachim Fork*. Der wohnte, soviel er wusste, tatsächlich im Retzbacher Weg. Und Joachim Fork war ein ehemaliger Kollege. Ein Kollege, den Brodersen aus den schwierigen Zeiten der ersten Jahre nach der Wiedervereinigung kannte, als die Westbeamten in den Osten geschickt wurden, um den Kollegen von hier *praktischen Nachhilfeunterricht* zu geben. Auch Brodersen, damals gerade frisch zur Mordkommission gekommen, sollte den Ostberliner Kollegen helfen. Mehrere Monate war er im ehemaligen Präsidium der Volkspolizei in der Keibelstraße in Berlin-Mitte eingesetzt. Und der Kriminalist, den er unter seine Fittiche nehmen sollte, trug den Namen Fork. Joachim Fork. Brodersen erinnerte sich gut daran, dass der Mann seine anfängliche Skepsis und Verschlossenheit rasch überwunden hatte und Brodersen - soweit das unter den damaligen Umständen eben ging - bald freundschaftlich gegenübergetreten war.

Mittlerweile befuhr der Kommissar die Granitzstraße und die Straßeneinbiegung zum Retzbacher Weg kam in Sicht. Also drosselte er das Tempo und stoppte seinen Wagen an der Kreuzung. Tatsächlich! In der Straße standen zwei Rettungswagen der Feuerwehr mit blinkenden Rundumleuchten. Also drehte Brodersen um und hielt auf der gegenüberliegenden Seite der Granitzstraße, direkt an der Betonmauer des ehemaligen Rangierbahnhofs.

Achim!, dachte er. War es wirklich Achim? Und warum? Warum um alles in der Welt beging Achim einen Suizidversuch? Was war denn bloß passiert?

Brodersen verschloss seinen Volvo und lief den Retzbacher Weg entlang bis zu der Stelle, an der die Rettungswagen parkten.

Vor dem Haus, dessen Tür offen stand, hatte sich ein Kamerad der Feuerwehr postiert und fuchtelte mit einem quäkenden Walkie-Talkie herum. Brodersen zog seinen Dienstausweis hervor und hielt ihn dem Mann hin. »Brodersen, LKA. Was ist passiert?«

Der Feuerwehrmann schielte auf Brodersens Ausweis, rückte dann seine Brille zurecht und warf dem Kommissar einen fragenden Blick zu. »Jetzt schicken sie schon jemanden vom LKA wegen Suizid?«

Brodersen hob die Augenbrauen. »Ich bin zufällig in der Nähe gewesen. Und ich kenne die betroffene Person. Also?«

Der Feuerwehrmann wies auf den Notarzt, der in diesem Moment aus dem Haus trat, seine Tasche auf den Boden stellte und darin herumkramte.

Brodersen zeigte erneut seinen Ausweis und wiederholte seine Frage.

»Er hatte Glück«, sagte der Notarzt und wies auf den Mann, der gerade auf einer Trage in den Rettungswagen geschoben wurde. »Der Blutverlust war noch nicht so stark, dass er ernste Schäden davonträgt. Die Vene muss genäht werden und der Arm dürfte gebrochen sein, aber sonst …«

»Wie seid ihr eigentlich so schnell alarmiert worden?«, fragte Brodersen.

Der Notarzt klappte seinen Koffer zu und richtete sich auf. »Aufmerksame Nachbarn«, sagte er und wies zum Haus gegenüber. »Bei ihm waren offenbar die Vorhänge nicht zugezogen, als er zum Messer griff. Und dort drüben hat jemand aus dem Fenster geschaut.

Oder wahrscheinlich eher hinter den Gardinen gestanden. Und mitbekommen, was hier oben vorgegangen ist.«

Brodersen sah hinüber zu dem entsprechenden Haus. Manchmal war ein bisschen Neugier doch ganz gut, dachte er. Aber vielleicht war es ja wirklich nur Zufall gewesen.

Da der Rettungswagen noch nicht abgefahren war, ging Brodersen hin und warf einen Blick durch die geöffnete Seitentür. Einen der Rettungssanitäter im Fahrzeug kannte er; der Mann wohnte auch in Heinersdorf. In einem Haus auf dem Gelände der Kirchengemeinde.

»Wie geht es ihm?«, fragte Brodersen den Mann.

»Den Umständen entsprechend«, kam es zurück. »Er ist ansprechbar und bei Bewusstsein.«

Brodersen deutete mit einer Kopfbewegung an, dass er den Patienten gern sprechen würde, und der Rettungssanitäter nickte. Also stieg der Kommissar in den Wagen und schob sich auf den Sitz neben der Trage, auf der Fork lag.

»Joachim«, sagte er. »Ich bin's, Werner Brodersen.«

Fork drehte den Kopf leicht zur Seite und blickte Brodersen mit glasigen Augen an, sagte aber nichts.

»Kennst du mich noch? Wir waren zusammen in der Keibelstraße ...«

Keine Reaktion. Fork starrte ihn einfach nur an.

»Was machst du nur für Sachen?«

Einen Augenblick lang wartete Brodersen, ob Fork vielleicht doch noch etwas sagen würde. Als er aber merkte, dass dies nicht der Fall war, griff er nach der Hand seines ehemaligen Kollegen, drückte sie kurz und wandte sich um.

»Wo bringt ihr ihn hin?«, fragte er den Rettungssanitäter.

»Caritas-Klinik«, sagte der, »*Maria Heimsuchung*.«

Brodersen nickte. »Ich komme in den nächsten Tagen vorbei und besuche dich«, sagte er leise zu Fork. Dann stieg er aus und trat zurück. Der Rettungssanitäter schloss die Tür und das Fahrzeug fuhr davon.

Der nächste Tag, Freitag, der 22. Dezember, begann wolkenverhangen und kühl, aber noch immer ohne Schnee. Kurz nach neun Uhr war Brodersen aufgestanden und hatte sich zu Christiane an den Frühstückstisch gesetzt. Er war zunächst erstaunt gewesen, dass sie heute schon frei hatte, dann aber war ihm eingefallen, dass seine Frau dies vor einigen Tagen kurz erwähnt hatte. Dass sie ihm erzählt hatte, dass das Architekturbüro, bei dem sie arbeitete, bereits ab heute in die Weihnachtsferien ging.

»Ich muss gleich nach dem Frühstück für ein, zwei Stunden weg«, sagte Brodersen, während er geräuschvoll sein frisches Brötchen aufsägte. »Eine Angehörigenvernehmung.«

»Ich denke, du bist krankgeschrieben?«, gab Christiane zurück. »Wieso musst *du* dann eine Vernehmung durchführen?«

»Weil man mich gebeten hat.«

»Man?«

Brodersen hielt mitten im Butterschmiervorgang inne und warf seiner Frau einen ärgerlichen Blick zu. »Thomas Koch, wenn du's genau wissen willst ...«

Christiane nickte und biss in ihr Honigcroissant. »Ich dachte ja nur«, setzte sie kauend hinzu, »weil übermorgen Weihnachten ist und wir noch gar nichts besorgt haben.«

»Besorgt? Was willst du denn groß besorgen?« Brodersen schüttelte übertrieben abwehrend den Kopf.

»Na hör mal! Deine Mutter kommt schließlich an Weihnachten zu Besuch und außerdem ...«

»Ja?«

»... außerdem wärst *du* sicher beleidigt, wenn du nichts unter dem Weihnachtsbaum finden würdest, oder?«

»Ach was.« Der Kommissar winkte ab und biss missmutig in sein Brötchen, das er mit einer Scheibe Bierschinken belegt hatte. Christiane hatte ihn an einen wunden Punkt erinnert: den bevorstehenden Besuch seiner betagten Mutter. Die alte Dame lebte seit Jahren in einem Pflegeheim in Kiel und hatte es Christiane zu verdanken, dass sie im letzten Jahr zum ersten Mal Weihnachten bei ihrem Sohn in

Berlin feiern konnte. Es war ein riesiger Aufwand gewesen, die greise Frau herzuholen. Brodersen hatte mit dem Pflegeheim vereinbaren wollen, dass sie seine Mutter in Kiel in den Zug setzten und er sie hier in Berlin am Bahnhof abholen würde, aber darauf hatte man sich nicht eingelassen. Die Leute vom Pflegeheim bestanden auf einer Reisebegleitung und so hatte Brodersen stundenlang rotiert, bis er über die Deutsche Bahn und einen privaten Hilfsdienst einen Betreuer organisieren konnte. Es kostete ein Heidengeld und dem Kommissar wurde jetzt schon schwindelig, wenn er daran dachte, was er für diesen Spaß auch diesmal wieder würde hinblättern dürfen. Die Preise waren gewiss nicht gesunken.

»Sag mal«, wandte er sich nachdenklich an Christiane, »würde es dir viel ausmachen, wenn *du* dich in diesem Jahr um Mutter kümmern würdest? Ich meine, um die Bahnfahrt und das?«

Christiane verschluckte sich heftig an dem Kaffee, den sie soeben zu trinken beabsichtigt hatte. »Was?«, fragte sie hustend. »Du hast dich überhaupt noch nicht darum gekümmert?«

Brodersen schüttelte den Kopf und zuckte gleichzeitig mit den Schultern. »Nein, wann denn?«

»Nun hör aber auf! Du bist seit vier Wochen krankgeschrieben ...«

»Seit drei«, fiel ihr Brodersen ins Wort.

»Also schön: seit drei Wochen. Da wird doch wohl Zeit sein, sich um eine derart wichtige Angelegenheit zu kümmern, oder?«

Brodersen merkte, wie er zornig wurde. »Krankgeschrieben«, fauchte er Christiane an und warf den Rest seines Brötchens wütend auf den Teller, »krankgeschrieben wird man, weil man *krank* ist. Krank heißt dienstunfähig, arbeitsunfähig, disqualifiziert, von Bord, raus aus dem Spiel ...«

»Ja, ja, ja! Hör schon auf!«

»Nein«, schnauzte Brodersen zurück, »ich fange erst an! Ich bin krank, zum Kuckuck, und das nicht ohne Grund!«

Christiane nickte und stellte die Tasse ab, an der sie sich seit ihrer überraschten Reaktion festgehalten und die Hände gewärmt hatte. »Und weil du so krank bist, gehst du jetzt zu einer Vernehmung ...«

Jetzt reicht es, dachte Brodersen und erhob sich erbost. Ohne ein weiteres Wort lief er in den Flur, schnappte sich seine Jacke und verließ das Haus. Draußen atmete er tief durch, versuchte sich zu beruhigen und daran zu denken, dass es Wichtigeres gab als dumme Streitereien am Frühstückstisch. Mit tief in den Jackentaschen vergrabenen Händen machte er sich stampfend auf den Weg. Zunächst musste Brodersen quer durch den *Blumenwinkel*, wie die Siedlung hieß, in der er seit etwas mehr als sechs Jahren wohnte. Das Haus, in dem er mit Christiane und seinem spät entdeckten Sohn Stefan lebte, hatte schon einiges mitmachen müssen. Einmal war der Kommissar in seinem eigenen Anwesen als Geisel genommen und stundenlang an den Heizkörper seines Wohnzimmers gefesselt worden, während der Kidnapper damit gedroht hatte, das Haus in die Luft zu sprengen. Ein anderes Mal hatte ein korrupter Staatsanwalt, gegen den der Kommissar ermittelte, einen Brandsatz in Brodersens Eigenheim gezündet und erhebliche Beschädigungen verursacht. Glücklicherweise war die Versicherung für den Schaden aufgekommen und mittlerweile war nichts mehr davon zu erkennen. Die Zeit hatte zumindest diese Wunden geheilt.

Während der Kommissar durch seine Siedlung lief, rief er sich noch einmal in Erinnerung, was sie bislang am Fundort von Rudows Wagen ermittelt hatten. Viel war es nicht: ein ungewöhnlicher Abstellort (unweit des neuen Golfplatzes), eine leichte Blutspur (von der sie noch nicht wussten, ob sie überhaupt von Rudow stammte), mehr nicht. Daraus einigermaßen sinnvolle Schlüsse zu ziehen, war fast unmöglich.

Nach weniger als zehn Minuten war Brodersen am Ziel: Das Haus, in dem der Journalist Volker Rudow wohnte, befand sich am Ende des Wildstrubelpfades und damit gegenüber der Siedlung *Blumenwinkel* auf der nördlichen Seite der Malchower Straße. Es war ein großer Klinkerbau mit breiten Fenstern und einer Terrasse, die sich um das ganze Erdgeschoss zu ziehen schien. Irgendwie machte das Haus auf Brodersen den Eindruck, als passe es eher zu einem Architekten als zu einem Zeitungsmann. Überdies kam dem Kommissar die Frage in den Sinn, woher wohl das Geld stammen mochte, das ein derartiger Bau verschlungen haben musste. Und für die Unterhaltung wohl immer noch verschlang. Konnte man als einfacher Journalist (der Name Volker Rudow war Brodersen noch nicht begegnet, woraus er folgerte, dass der Mann kein Prominenter war) so viel verdienen, um sich einen solchen Luxus leisten zu können?

Als Brodersen vor dem Gartentor stand, öffnete er den Reißverschluss seiner Jacke ein Stück und zog sich die Krawatte zurecht. Dann drückte er auf den Klingelknopf. Nur einen Wimpernschlag später begann im Innern des Hauses ein Hund zu bellen. Offenbar gehörte es heutzutage zum guten Ton, als Hausbesitzer einen vierbeinigen Mitbewohner zu beherbergen. Überhaupt schien die Zahl dieser Tiere in Berlin überproportional zugenommen zu haben: Es gab kaum eine Ermittlung, in der der Kommissar nicht einem Hund begegnete oder Leute vernahm, die im Besitz eines solchen waren. Ab und an hatte Brodersen bei den Begegnungen mit diesen *ganz lieben* Tieren auch schmerzhafte Erfahrungen gesammelt oder die Unversehrtheit von Kleidungsstücken eingebüßt.

Endlich wurde geöffnet und ein rostroter Haarschopf schob sich durch den Türspalt. »Ja, bitte?«, fragte die zu dem Schopf gehörende Dame.

Brodersen zog seinen Dienstausweis hervor und hielt ihn in die Höhe. Dann nannte er Namen und Dienstgrad, woraufhin ihm geöffnet und er schließlich eingelassen wurde.

Die Frau führte ihn durch einen gekachelten und mit Holzstichen behängten Flur zu einer hellen Ledercouch, die sich in einem großen Wohnraum mit französischen Fenstern befand. Brodersen nahm Platz und nickte, als Frau Rudow ihm einen Kaffee anbot. Dann drückte der Kommissar mit ein paar Worten sein Bedauern darüber aus, dass Volker Rudow verschwunden war und die Kriminalpolizei entsprechende Ermittlungen betrieb. Schließlich fragte er der guten Ordnung halber nach den genauen Personendaten von Rudows Frau und notierte sie sich auf der Rückseite des Meldeamtsauszuges, den er sich noch in der Nacht besorgt hatte und der - wenn alles mit rechten Dingen zuging - dieselben Angaben enthalten sollte. Sie stimmten überein: Daniela Rudow, geboren am 8. März 1967 in Wilhelm-Pieck-Stadt Guben. Nun ja, der Kommissar musste grinsen, heute hieß es nur noch Guben …

Nachdem dieser formale Teil abgehandelt und ebenfalls klar geworden war, dass Volker Rudow kein Blutspender war und seine Frau keine Ahnung hatte, welche Blutgruppe er besaß, kam Brodersen auf die Tätigkeit ihres Mannes zu sprechen. Er war, wie bereits bekannt, in erster Linie Zeitungsjournalist.

»Volker schrieb viel und gern. Machte auch mal was Überregionales. Vor allem aber schrieb er für die *Berliner Tagespost*. Das war sein eigentlicher Arbeitgeber. Hin und wieder verfasste er auch mal was für die lokalen Zeitungen.«

Brodersen ließ seinen Blick durch das geräumige Wohnzimmer streifen. »Und sonst?«

»Volker hat mal was fürs Fernsehen gemacht, eine Reportage. Aber die haben sie nie gesendet.«

»Warum denn nicht?«

Frau Rudow zuckte mit den Schultern. »Fragen Sie die Leute vom Sender. Es war ihnen dann wohl doch zu heiß.«

Brodersen horchte auf. »Worum ging es denn?«

»Es ging um … Abtreibung«, sagte sie nach kurzem Zögern. »Ein heikles Thema.«

Der Kommissar nickte.

»Volker hat mir seine Recherchen gezeigt, sie waren durch offizielle Statistiken und seriöse Quellen belegt: Tausend Abtreibungen an jedem Arbeitstag allein in Deutschland! Mich hat diese Zahl geschockt.«

Brodersen schwieg.

»Es ging ihm in seiner Reportage vor allem um die Folgen. Die meisten Frauen leiden nach einer Abtreibung stark, manche ein Leben lang. Es lässt sie nicht mehr los, was passiert ist. Manche haben schwere Depressionen.«

»Aber warum hat man es denn nicht gesendet? Das ist doch sehr ... interessant.«

Frau Rudow blickte Brodersen ernst an. »Interessant? Ich fand es, gelinde gesagt, erschreckend. Erschreckend und furchtbar.«

Brodersen nickte. »Wie lange ist das her?«

Daniela Rudow dachte einen Augenblick lang nach. »Ich weiß es nicht mehr so ganz genau. Vielleicht ein oder zwei Jahre.«

Brodersen zog sein Notizbuch hervor und machte sich ein paar Stichpunkte.

»Und in der letzten Zeit? Was hat er da gemacht? Irgendwelche spektakulären Sachen? Wo war er dran?«

Daniela Rudow zuckte mit den Schultern. »Er schrieb in letzter Zeit schon auch häufiger für die regionalen Anzeigenblätter. Vor allem über Dinge in Pankow und Weißensee. Viele Sensationen gibt es hier ja nicht.«

»Und der ... Moscheebaukonflikt?«

Frau Rudow schüttelte den Kopf. »Er hat zu diesem Thema mal einen kurzen Artikel geschrieben, aber der war vollkommen unspektakulär. Ich kann mir kaum vorstellen, dass jemand daran Anstoß genommen hätte.«

»Sonst nichts?«

Sie legte ihre rechte Hand an die Stirn, schloss die Augen und schien intensiv nachzudenken. Irgendwann drehte sie ruckartig den Kopf zu Brodersen und starrte ihn an. »Buntmetalldiebstahl«, sagte sie.

»Buntmetalldiebstahl?«

Daniela Rudow nickte. »Kupferkabel und Eisenbahnschienen.«

»Hmm«, brummte Brodersen, der sich keinen rechten Reim darauf machen konnte. Er notierte sich, was Frau Rudow gesagte hatte, und wurde sich bewusst, dass er von mancher offenbar neuartigen Form der Kriminalität bislang noch nie etwas gehört hatte.

»Sagen Sie«, Brodersen zögerte kurz und ließ seinen Blick durch das Zimmer streifen, »das hier, ich meine, all der ... Luxus - wie kommt es, dass Sie sich das leisten können?« Brodersen war versucht, sich auf die Zunge zu beißen für eine solche Frage. Im Grunde ging es ihn einen feuchten Kehricht an, woher das Geld der Rudows stammte. Auf der anderen Seite war alles wichtig in einem Fall wie diesem, in dem sie kaum Ansatzpunkte für eine Ermittlung hatten. Dennoch schob Brodersen (mehr aus Verlegenheit als aus ernst gemeinter Überlegung) ein rasches »Oder haben Sie, Frau Rudow, ein so gutes Einkommen?« hinterher.

Daniela Rudow schien gar nicht wahrzunehmen, dass solche Fragen dem Kommissar unangenehm waren, sondern antwortete schnell und plausibel: »Volker war mal im Gebrauchtwagenhandel tätig, Anfang der Neunzigerjahre. Da konnte man viel Geld mit machen. Einiges hat er auch an der Börse gewonnen, als das noch ging. Irgendwie hatte er immer den richtigen Riecher, wann es Zeit war, auszusteigen.«

Brodersen nickte. Autohandel also. Konnte man damit zu solch einem Reichtum gelangen?

»Frau Rudow ...«, Brodersen zögerte, »... die Frage, die ich Ihnen nun stellen muss, gehört zu den Standardfragen, die wir in jedem Vermisstenfall stellen, wenn ... nun ja, wenn zumindest ein Verdacht besteht, dass der verschwundenen Person ...«, Brodersen sah in die furchtsam geweiteten Augen der Frau, »... also, dass eine Straftat vorliegen könnte.«

»Ja?!«

»Frau Rudow - hat Ihr Mann Feinde?«

Daniela Rudow schlug die Augen nieder und atmete tief durch. Offenbar hatte sie eine ganz andere Frage erwartet. Brodersen nahm ihre Reaktion irritiert zur Kenntnis, konnte sich aber keinen Reim darauf machen.

»Nein«, sagte sie schließlich. »Ich wüsste nicht, dass er persönliche Feinde hätte. Gut, er war vielleicht zu manchem nicht der Netteste, aber Feinde? Nein. Ich denke, Feinde hat er keine.«

Brodersen nickte.

»Allerdings hat er - haben wir - auch so gut wie keine Freunde«, fügte sie leise hinzu, ohne Brodersen anzusehen.

Der Kommissar legte sein Notizbuch auf den Couchtisch und wartete einen Augenblick, ob sie noch etwas hinzusetzen wollte, aber es kam nichts mehr.

»Ihr Mann ist kein geselliger Mensch?«, fragte er schließlich.

Frau Rudow schüttelte den Kopf. »Nicht sehr. War er offen gestanden noch nie.« Sie machte eine ausholende Armbewegung. »Ich habe mich manchmal gefragt, wofür wir eigentlich das alles hier haben. Den ganzen Luxus und das. Wenn doch niemand kommt ...«

»Hat er denn sonst wirklich niemanden? Einen Kollegen vielleicht, der ihm etwas nähersteht?«

Daniela Rudow überlegte einen Moment. »Nur seine Skatkameraden«, sagte sie dann. »Er geht ein- bis zweimal im Monat zu einem Skatabend. Das ist aber auch alles.«

»Hmm«, brummte Brodersen, griff nach seinem Notizbuch und vermerkte sich, was gesagt worden war. »Passt das zusammen?«

»Was?«

»Nun ja - auf der einen Seite hat er keine Freundschaften, auf der anderen Seite ist er ein ... Skatbruder?«

Frau Rudow zuckte mit den Schultern. »Das war schon immer so. Seit ich ihn kenne.«

»Wie lange sind sie denn verheiratet?«

»Seit 1990. Also jetzt ... sechzehn Jahre.«

Brodersen nickte. *Eine lange Zeit für heutige Verhältnisse*, dachte er und fragte sich für den Bruchteil einer Sekunde, ob er selbst es so lange mit Christiane aushalten würde. »Und wie ... ich meine ... führen Sie eine gute, eine glückliche Beziehung?«

Daniela Rudow wandte den Blick ab und schaute einen Moment lang zu den Fenstern. »Nein.«

Brodersen wartete auf eine Fortsetzung. Auf eine Erklärung. *Nein* war zwar eine Antwort auf seine Frage, aber so ein *Nein* musste doch kommentiert werden. So ein *Nein* allein war zu wenig.

Als Frau Rudow den Kommissar wieder ansah und noch immer nichts sagte, räusperte er sich. »Warum denn nicht?«

Sie seufzte, zuckte kurz mit den Schultern und legte dann die Hände übereinander. »Weil er ... irgendwie in *seiner* Welt lebt.«

»In *seiner* Welt?«

Sie nickte. »Volker war im Grunde schon immer so: verschlossen, in sich gekehrt, leicht reizbar. Zugleich aber immer auch aufmerksam. Und damit meine ich nicht aufmerksam mir gegenüber, sondern seiner Umgebung gegenüber.«

»Sie meinen ... misstrauisch?«

»So könnte man es nennen. Er traut kaum jemandem. Er sichert sich stets nach allen Seiten hin ab. Manchmal habe ich den Eindruck, er traut nicht einmal mir ...«

»Traut er sich denn selber?«, fragte Brodersen.

»Das ist eine gute Frage.« Daniela Rudow griff nach ihrer Kaffeetasse und nahm einen Schluck. »Ich denke, er traut ausschließlich sich selber. Er ist überzeugt davon, alles erreichen zu können, wenn er sich nur genügend ins Zeug legt.«

»Ist das nicht sehr ... anstrengend?«

»Natürlich ist das anstrengend. Vor allem, weil er sich immer wieder neue Ziele steckt. Hat er eines erreicht, ist schon das nächste da. Das Haus, ein neuer Wagen, unser Segelboot ...«

»Sie besitzen ein Segelboot?«

Daniela Rudow nickte. »Es liegt am Tegeler Hafen. Jetzt im Winter fahren wir ja nicht damit. Eigentlich auch im Sommer nicht. Es war eine der vielen Flausen von Volker. Ich habe immer den Eindruck, dass er denkt, je mehr er besitzt, desto glücklicher ist er.«

»Und«, fragte Brodersen, »ist er es?«

»Was?«

»Glücklicher. Ist er glücklicher, je mehr er besitzt?«

Sie schüttelte den Kopf. »Nein. Das ist es ja gerade, was ich meinte: Er rennt den Dingen nach und hofft, Befriedigung darin zu finden. Wie es mir dabei geht, ist ihm egal ...«

Brodersen nickte. »Haben Sie ihn denn mal darauf angesprochen?«

»Natürlich! Mehr als einmal sogar.« Sie schlug die Augen nieder und fuhr mit etwas leiserer Stimme fort. »Es kommt dann immer wieder zu heftigem Streit zwischen uns. Einmal fiel sogar das Wort *Scheidung* …«

»Haben *Sie* es erwähnt?«

Daniela Rudow schüttelte den Kopf. »Nein, er.«

»Und Sie? Wie halten Sie das aus?«

Sie sah Brodersen an und zuckte leicht mit den Schultern. »Ich bin seine Frau. Und es macht mich betroffen, dass er offenbar nicht glücklich ist mit mir …«

Einen Augenblick lang herrschte Schweigen und Brodersen sah das Thema zunächst als beendet an. Er machte ein paar Stichpunkte in seinem Notizbuch und hielt den Zeitpunkt für gekommen, sich zu verabschieden. Er griff nach seiner Kaffeetasse, leerte sie mit einem letzten Schluck und erhob sich. »Sagen Sie, was mir noch einfällt: Wissen Sie den Namen der Lokalität, in die Ihr Mann zum Skatspielen geht?«

Daniela Rudow nickte. »Im *Goldenen Kalb*. Das ist in Malchow draußen.«

Brodersen ergänzte seine Notizen mit dem Namen der Kneipe.

Da ansonsten alles gesagt und gefragt war, bedankte er sich, versprach, sich zu melden, sobald man etwas herausgefunden habe, und verabschiedete sich dann rasch.

Als er das Haus im Wildstrubelpfad verließ, war es fünf Minuten nach zwölf.

4. Kapitel

Als Joachim Fork zu sich kam, wurde ihm bewusst, dass er versagt hatte.

Er lag in einem Krankenzimmer, es roch - wenn auch nur schwach, so doch wahrnehmbar - nach Desinfektionsmitteln und an der Wand gegenüber hing ein Kreuz.

Sie hatten ihn also nach *Maria Heimsuchung* gebracht, der Caritas-Klinik in Pankow. Er konnte sich an nichts mehr erinnern, was passiert war, seitdem er das Messer an seinen Unterarm gelegt hatte. Seit er ... Nein, er konnte sich an nichts mehr erinnern seither. Aber dass er versagt hatte, war klar, denn sonst wäre er nicht hier.

Sein gesamter linker Arm war mit einem dicken Verband versehen und schmerzte stark. Außerdem hatte er wahnsinnige Kopfschmerzen.

Fork merkte, dass ihm die Tränen kamen. Es hatte tatsächlich nicht geklappt. Es hatte nicht sein sollen. Noch nicht. Seine Mutter hatte früher (wie viele Ewigkeiten war das her?) immer einen gewichtigen Satz gesagt: *Der Mensch hat sich das Leben nicht selbst gegeben – er hat auch kein Recht, es sich selbst zu nehmen ...*

Er hatte sich nicht an diese Weisheit gehalten, er hatte versucht, sein Leben zu beenden. Er hatte versucht, aus seiner Situation zu entkommen. Einer Situation, einer ... Sache, die er schon so viele Jahre mit sich herumtrug und die jetzt mit neuer Schrecklichkeit hochgekommen war.

Fork drehte sich zur Wand und schluchzte leise ... *er hat auch kein Recht, es sich selbst zu nehmen* ... die Worte lärmten durch seinen Kopf. Wie viel weniger aber hatte ein Mensch das Recht, einem anderen Menschen das Leben zu nehmen ...

Wie sollte es jetzt weitergehen, was sollte aus ihm werden? Würde er einen bleibenden Schaden davontragen?

Fork lag eine lange Zeit auf der Seite und starrte durch einen Tränenschleier hindurch die Wand an. Irgendwann klopfte es an der

Tür und er hörte, dass jemand das Zimmer betrat. Langsam drehte er sich um und sah, dass ein jüngerer Mann vor seinem Bett stand, der ihn anlächelte.

»Na, Herr Fork, wie geht es Ihnen?«

Er starrte den Mann an und sein Blick blieb an einem kleinen Fisch-Anstecker hängen, den er am Kittel trug.

»Mein Name ist Timon Menzel«, sagte der Mann, »ich bin hier im Rahmen meines Medizinstudiums als Pfleger im Praktikum tätig.«

Fork fuhr sich mit der Hand des gesunden Armes über die Augen und rieb sich den Schleier weg. Der Mann lächelte noch immer, aber Fork glaubte im Blick des Mannes auch so etwas wie Besorgnis zu erkennen.

»Wie ... steht es um mich, Herr ... Menzel?«

Der Pfleger griff nach der Flasche des Tropfes, an den Fork angeschlossen war und klopfte sacht dagegen. »Es ist gut gegangen«, sagte er. »Noch mal gut gegangen.«

Fork schluckte. Dann begann er langsam den Kopf zu schütteln. »Nein«, sagte er. »Gut ist es nicht gegangen. Denn gut ist etwas anderes. Aber das können Sie natürlich nicht begreifen ...«

Menzel hörte auf zu lächeln und griff stattdessen nach Forks Arm. »Eine Fraktur haben Sie sich zugezogen. Der Verband muss gewechselt werden. Und ich muss Ihnen einen Gipsverband anlegen.«

»Wenn Sie meinen«, knurrte Fork und wandte seinen Blick demonstrativ der Decke zu.

Timon Menzel begann damit, die angekündigten Maßnahmen auszuführen. Eine Schwester brachte die notwendigen Utensilien herbei und der Pfleger machte sich wortlos an Forks gebrochenem Arm zu schaffen. Als Menzel den Verband um Forks Arm straff zog, biss dieser vor Schmerz die Zähne zusammen, konnte aber ein Aufstöhnen nicht vermeiden.

»Es ist wichtig, dass nicht nur der Arm wieder gesund wird«, sagte der Pfleger, als er mit seiner Arbeit fertig war. »Es ist wichtig, dass auch Ihre Seele wieder heil wird.«

Joachim Fork schüttelte den Kopf und winkte wortlos ab.

»Es gibt da etwas in Ihrer Vergangenheit, nicht wahr?« Der Pfleger war hartnäckig.

Fork drehte sich wie beleidigt zur Wand. Wie kam dieser junge Schnösel dazu ...

»Es ist nicht gut, wenn Sie vor diesem Problem davonlaufen«, fuhr der Pfleger fort. »Sie müssen loskommen davon, was immer es ist ...«

Jetzt platzte Fork der Kragen. Mit einem Ruck richtete er sich auf und schrie dem jungen Mann direkt ins Gesicht: »Was wissen *Sie* denn schon? Was haben Sie für eine Ahnung? Kennen Sie das Leben?«

Für einen kurzen Moment starrten sich die beiden Männer an und Fork merkte, wie aufgebracht er war. In der Herzgegend verspürte er einen ziehenden Schmerz und sein Schädel dröhnte.

»Schon gut«, beruhigte ihn Menzel und legte Fork seine Hand auf die Schulter. »Bitte regen Sie sich nicht auf.«

Fork schnaufte und überlegte, was er dem Pfleger passenderweise entgegnen könnte, aber sein Hirn war nichts als ein Vakuum. Ein dröhnendes Vakuum.

»Was auch immer es ist«, meinte Menzel schließlich mit leiser Stimme. »Sie müssen wegkommen davon. Sie müssen versuchen, es zu klären.«

»Zu klären?«, flüsterte Fork, »aber ich habe ...«

»Vergebung«, sagte der Pfleger sanft. »Haben Sie schon mal was davon gehört?«

Fork zuckte mit den Schultern. Vergebung. Das war so ein Wort. Eines von den Wörtern, die man eben *benutzte*. Und außerdem: Wem sollte er denn vergeben? Und wer vergab ihm?

5. Kapitel

Eigentlich war es vollkommen verrückt, was hier passierte. Eigentlich war es absurd. Bislang hatte er noch kaum Zeit gehabt, intensiver darüber nachzudenken, was geschehen war. Bislang hatten *sie* ihn zu sehr in Beschlag genommen; hatten ihn ausgefragt und sich Notizen gemacht und Pläne. Viel hatte er nicht preisgegeben, schon gar nicht *das Geheimnis*. Sein Geheimnis.

Zu trinken hatten sie ihm gegeben. Kaum Wasser und keinen Kaffee, sondern Alkohol. Viel Alkohol. Und wenig zu essen.

Volker Rudow lag auf einer Pritsche und starrte die Decke an. Sah so seine Zukunft aus? War dies das *tolle Leben*, das er sich noch erhofft, von dem er immer geträumt, auf das er stets hingearbeitet hatte?

Es war so vieles schiefgelaufen. Eigentlich, dachte er, eigentlich war alles schiefgelaufen. Von Anfang an. Alles. Auch sein Job. Und seine Ehe. Gut, das Gebrauchtwagengeschäft damals in den frühen Neunzigern war super gelaufen, das stimmte schon. Viel Kohle hatte er gemacht, quasi sein gesamter heutiger Reichtum stammte aus dieser Zeit. Die Menschen im Osten waren nach der Wende geradezu närrisch nach Automobilen und kauften seinerzeit so gut wie alles, was vier Räder hatte und ein Westauto war. Es gab sogar eine Periode, wo so gut wie sämtliche Gebrauchtwagen in Westdeutschland ausverkauft zu sein schienen. Man riss sich um die Fahrzeuge und er, Rudow, war einer der Profiteure. Es kam damals vor, dass er an einigen Tagen mehr verdiente als heutzutage mit seiner Schreiberei in einem halben Jahr. Ja, er hatte einen guten Schnitt gemacht. Und er hatte das Geld mit Aktien vermehrt. In dieser Hinsicht hatte er immer Glück gehabt. Aber zufrieden war er dennoch nicht gewesen. Zufrieden war er eigentlich nie gewesen und oft hatte er sich gefragt, warum er es nicht war und was noch fehlte und was er tun konnte, um endlich Zufriedenheit zu erlangen.

Und dann war da die Angst. Auch schon immer. Oder: schon lange. Und jetzt in den letzten Tagen war sie in neuer Intensität und

Stärke aufgetaucht. Schlimm. Fast so schlimm wie ganz am Anfang. Wie damals, als er jeden Tag damit rechnete, dass *man* ihn holen würde. Dass man ihn abholen würde.

Rudow drehte sich zur Seite und starrte aus dem kleinen Fenster, das sich neben der Pritsche befand, auf der er lag. Es war bewölkt, aber durch die Wolkenfetzen konnte er ab und an ein paar Sterne funkeln sehen.

Die Sterne, dachte er. *Sie funkeln über Armen und Reichen, über Guten und Bösen, über Freien und Gefangenen.* Und wo stand er in diesem Reigen? Wo gehörte er hin? In welcher Liga spielte Volker Rudow?

Langsam schloss er die Augen und versuchte, ruhig zu atmen und die Frage nicht zu schwer werden zu lassen, was die nächsten Tage wohl bringen würden. Und ob er mit heiler Haut davonkäme. Ob er noch eine Chance bekommen würde. Eine Chance, neu anzufangen. Und eine Chance, ans Ziel zu kommen.

6. Kapitel

Als er zurückgekommen war, hatte Christiane das Haus bereits verlassen und Brodersen nahm an, dass sie die erwähnten Weihnachtseinkäufe erledigte. Einen Zettel oder eine sonstige Notiz fand er nicht und angerufen hatte sie ihn auch nicht mehr. Christianes Peugeot war verschwunden und er hatte keine Ahnung, wann sie zurückkommen würde. Stefan, sein Sohn, war noch bis Neujahr bei einem Freund auf Usedom.

Brodersen trank schnell ein Glas Wasser aus dem Hahn (*Leitungsheimer*, wie Christiane es nannte), biss von einem der übrig gebliebenen Brötchen ab und ging aufs Klo. Dann schnappte er sich seine Wagenschlüssel und verließ erneut das Haus.

Zum Goldenen Kalb, hatte Frau Rudow gesagt. Das sei der Name der Stammkneipe ihres Mannes, draußen in Malchow. Und genau diese Kneipe würde auch Brodersens nächstes Ziel sein. Vielleicht hatte er Glück und erfuhr ein bisschen mehr über das Seelenleben des Journalisten. Denn eines wusste Brodersen nur zu gut: In Kneipen und Bars redeten viele Männer offener über das, was sie bewegte, als mit ihren eigenen Frauen.

Die Gaststätte fand er erst nach längerem Suchen. Bislang hatte er keinen Schimmer davon gehabt, dass in Malchow überhaupt ein Wirtshaus mit dem Namen *Zum Goldenen Kalb* existierte. Nun wusste er es.

Als der Kommissar eintreten wollte, stellte er fest, dass die Tür der Kneipe abgesperrt war. Ein Schild oder wenigstens einen Zettel im Fenster, aus dem sich die Öffnungszeiten ersehen ließen, fand er nicht. Also ging er um das Haus herum und suchte nach einem Hintereingang. Als er das Tor zum Hof erreichte, entdeckte er einen dicken Mann mit Lederschürze, der sich gerade an der Tür eines Holzschuppens im hinteren Bereich des Grundstücks zu schaffen machte.

»Hallo!«, rief Brodersen laut und reckte den Hals.

Der Dicke schien ihn sofort gehört zu haben, denn er ließ unverzüglich von seinem Vorhaben ab, drehte sich um und lief auf Brodersen zu. »Ja?«, fragte er, während er näher kam und sich die Hände an den Seiten seiner Lederschürze abrieb.

Brodersen wartete, bis der Mann das Tor erreicht hatte, und stellte sich dann vor. Als er seinen Dienstausweis zeigte, schien der Wirt für den Bruchteil einer Sekunde zusammenzuzucken. Es war nur eine kurze Reaktion gewesen und mochte vielleicht keinerlei Bedeutung haben, aber Brodersen hatte sie bemerkt.

»Sie sind der Gastwirt hier?«

Der Dicke nickte. »Lüders«, sagte er. »Klaus Lüders. Mir jehört dat *Joldene Kalb.*«

Brodersen zog sich sein Notizbuch hervor und schrieb den Namen hinein, wobei ihm der dicke Wirt mürrisch zusah.

»Wat ... liecht denn vor?«, fragte er zögernd.

Brodersen klappte sein Notizbuch zu, ließ die Mine seines Kugelschreibers demonstrativ einfahren und zeigte dann auf das Haus. »Besteht die Möglichkeit, dass wir uns drinnen weiter unterhalten?«

Klaus Lüders nickte zerknirscht und sah sich verlegen nach allen Seiten hin um. »Klar doch«, sagte er dann leise, »foljen Se mir.«

Hastig drängte sich der Wirt an Brodersen vorbei auf die Straße und trabte in Richtung Eingang. Der Kommissar ging hinter ihm her und überlegte, warum der Mann so nervös war: Als er die Tür aufschließen wollte, ließ er zweimal das Schlüsselbund fallen und sah Brodersen gequält grinsend an.

Dann waren sie endlich im Gastraum. Es war eine gewöhnliche Ostkneipe, wie der Kommissar schon Dutzende gesehen hatte: ein hölzerner Tresen aus hellen, gespundeten Kiefernholzbrettern, ein paar Tische, von denen einer ein wuchtiges Exemplar war, auf dem an zwei Aufstellern ein kleines *Stammtisch*-Schild baumelte. Und über alldem lag eine Geruchsmischung aus kaltem Rauch, altem Frittierfett und leichter Muffigkeit. Es war im Grunde eine merkwürdige Atmosphäre, aber auf rätselhafte Weise lag etwas Gemütliches in ihr.

»Also«, fragte der Wirt erneut, nachdem sie an einem der Tische Platz genommen und Brodersen keine Anstalten gemacht hatte, mit dem Gespräch zu beginnen, »wat kann ick für Ihnen tun?«

Der Kommissar räusperte sich, legte sein Notizbuch vor sich hin und erklärte dann, weswegen er gekommen war.

Lüders' Aufgeregtheit schien nachzulassen, je mehr er kapierte, um was es ging. Er bestätigte, was Daniela Rudow ausgesagt hatte: dass der Journalist Volker Rudow regelmäßig das *Goldene Kalb* zum Skatspielen aufsuchte. Der Wirt behauptete, ihn eher oberflächlich zu kennen, und gab an, nichts Näheres über das Leben des Zeitungsmannes zu wissen.

Brodersen nahm es zur Kenntnis, befragte Lüders nach den Namen der anderen Skatbrüder und notierte sie sich. Dann kam er zum Abend des 20. Dezember.

»War Herr Rudow am Mittwochabend hier?«

Klaus Lüders nickte sofort. »War er! Det weeß ick janz jenau!«

»Und warum sind Sie sich da so sicher?«

Der Wirt legte seine kräftigen Hände auf die Tischplatte und sah den Kommissar ernst an. »Weil er besoffen Auto jefahrn is, der Volker!«

»Aha.«

»Det war so, dat der so um ölve rum nach Hause wollte. Aber det war mir erstma jar nich uffjefalln.«

»Wann?«

»Um ölve - also um elf. Abends.«

»Wie meinen Sie das, es sei Ihnen gar nicht aufgefallen?«

»Na ja, ick hatte nich bemerkt, dat der Volker vaschwunden war. Bin ja nich immer hier vorne, verstehn Se?«

Brodersen nickte.

»Muss ja och mal wegen eem neuen Fass in' Keller und so ...«

»Also?«

»Also - also ick hätt'n nie fahrn lassen, in seim Zustand! Als ick hörte, dass er wech iss, bin ick sofort hinterher. Auf'm Blankenburjer Pflasterweg hab ick'n einjeholt. Da, wo der neue Jolfplatz is.«

»Hmm.«

»Also, ick hab 'n übaholt und ausjebremst.«

»War das nicht riskant?«

Der Wirt rieb sich erneut seine Hände an der Lederschürze ab. »Klar war dit riskant! Und wie riskant dit war! Aba - wat hätt ick 'n machen solln? Hätt ick 'n so weiterfahrn lassen solln?«

Brodersen schüttelte den Kopf. »Nein, nein, natürlich nicht ...«

»Sehn Se! Also hab ick ihn, nachdem der anjehalten hatte, aus seim Wagen jezerrt. Denn hab ick noch die Zündschlüssel rausjezogen, den Wagen abjeschlossen und ihm de Schlüssel inne Jackentasche jesteckt. Det hat der aber jar nich jemerkt, det ick ihm die inne Tasche jesteckt hab.«

»Und dann?«

»Nu - dann wollt ick 'n eijentlich nach Hause fahrn, aber der Volker wollte das nich. Der fing an mich zu beschimpfen und torkelte dann in Richtung Kolonie *Märchenland* davon.«

»Und da haben Sie ihn einfach laufen lassen? Ganz allein? In seinem Zustand?«

Der Wirt blies die Backen auf. »Bin ick sein Kindermädchen, oda wat? Det der besoffen Auto fährt, is die eene Sache, allet andre jeht mich nüscht an.«

Brodersen schüttelte stirnrunzelnd den Kopf.

»Ick bin denn aba davon ausjejangen, det der nach Hause jekommen is, der Volker.«

»Wieso das?«

»Na ja, weil sein Auto wech war, als ick am nächsten Abend da vorbeijekomm' bin.«

»Hmm«, brummte Brodersen. Klar, dachte er, klar, dass das Auto da weg war. Schließlich hatten Koch und die Kollegen es zu diesem Zeitpunkt längst sichergestellt und zur polizeitechnischen Untersuchungsstelle gebracht, um es auf Spuren zu überprüfen.

»Sagen Sie«, Brodersen legte seinen Kugelschreiber an seine Lippen und die Stirn in Falten, »ist es dabei zu einem ... Kampf gekommen? Als Sie Herrn Rudow aus dem Wagen gezogen haben?«

Klaus Lüders, der Wirt, zögerte einen kurzen Moment: »Zu einem Kampf?«, fragte er zurück. »Wie komm' Se denn uff so wat?«

»Nun - weil wir eine Blutspur neben Herrn Rudows Wagen gefunden haben.«

Der Dicke schüttelte den Kopf und hob abwehrend die Hände. »Nee, damit hab ick nüscht zu tun! Ick hab nüscht jesehn, dat eener jeblutet hat!«

Brodersen nickte, notierte sich, was er von Lüders erfahren hatte und seufzte. Da ansonsten alles gesagt zu sein schien, erhob er sich schließlich zum Zeichen, dass das Gespräch beendet war. Er bedankte sich und überreichte Lüders seine Visitenkarte. »Wenn Ihnen noch etwas einfallen sollte, können Sie mich jederzeit erreichen«, sagte er und bemerkte im selben Augenblick, dass das nicht stimmte. Er war ja krankgeschrieben und gar nicht im Präsidium. Also ließ sich Brodersen die Visitenkarte noch einmal zurückgeben und notierte auf der Rückseite seine private Handynummer. Ganz wohl war ihm nicht dabei, aber etwas anderes fiel ihm auch nicht ein. Schließlich verabschiedete er sich und verließ das *Goldene Kalb* kurz vor vierzehn Uhr.

Als er in seinen Volvo stieg, ging Brodersen auf, dass er etwas Wichtiges völlig vergessen oder vielleicht auch verdrängt hatte: die Sache mit seinem alten Kollegen Fork und dessen unerklärlichem Suizidversuch. Brodersen hatte Achim gestern Abend versprochen, ihn heute in der Klinik zu besuchen.

»Also gut«, sagte Brodersen laut zu sich selbst und startete den Motor, »dann nichts wie ins Krankenhaus ...«

Eine gute Viertelstunde später erreichte der Kommissar den *P+R*-Parkplatz in der Hadlichstraße direkt vor der Polizeiwache des Abschnitts 17. Als er ausgestiegen war und in Richtung Klinik schlenderte, kamen gerade zwei Beamte aus der Wache und Brodersen nickte ihnen zu. Einen der beiden kannte er.

Dann betrat er das Gelände des Krankenhauses. Vor der Garage stand der örtliche Notarztwagen der Berliner Feuerwehr, der hier beheimatet war. Brodersen zog den Reißverschluss seiner Jacke hoch und vergrub die Hände tiefer in seinen Taschen. Ihn fröstelte und er merkte, wie ihn das Gefühl beschlich, welches sich immer einstellte, wenn er Krankenhäuser besuchte. Ein Gefühl der Unbehaglichkeit und der Sorge. Und vielleicht ein Gefühl, welches er ansonsten im Allgemeinen erfolgreich zu verdrängen verstand: ein Gefühl der Angst vor dem eigenen Sterben und dem eigenen Tod.

Joachim Fork lag in einem Zimmer im vierten Stock. Der Mann an der Rezeption hatte Brodersen bereitwillig Auskunft gegeben und den Weg gewiesen. Als der Kommissar vor der Zimmertür stand, zögerte er einen Augenblick und fragte sich, was ihn wohl erwarten würde. Wie würde es Joachim gehen? Und würde der überhaupt wollen, dass Brodersen ihn besuchte? Aber schließlich hatte er dem alten Kollegen in der Nacht ein Versprechen gegeben und nun war er hier, um es einzulösen. Was weiter passieren würde, lag nicht in seinen Händen.

Also drückte Brodersen die Klinke nieder und betrat das Zimmer. Ein leichter Geruch von Desinfektionsmitteln drang ihm in die Nase. Es war ein Einzelzimmer und Brodersen sah Joachim Fork nicht sofort, da sich im vorderen Bereich eine Nasszelle befand, die ihm die Sicht auf das Patientenbett versperrte. Leise und behutsam schloss er die Tür. Dann machte er zwei, drei Schritte. Fork saß, halb aufgerichtet, halb liegend, in seinem Bett und schaute ihn mit müden Augen an.

»Achim«, sagte Brodersen sanft.

Fork reagierte nicht. Er blickte den Kommissar weiter mit demselben ausdruckslosen Blick an.

»Ich bin's, Werner Brodersen.«

Jetzt begannen Forks Augen in Bewegung zu kommen. Musternd schauten sie Brodersen an und dem Kommissar war, als hellten sich seine Züge ein wenig auf. Fork rutschte ein Stück höher, sodass er sich mit dem Rücken gegen sein Kopfkissen lehnen und halbwegs aufrecht sitzen konnte. Dann wies er mit einem Kopfnicken zu den beiden Stühlen, die an der gegenüberliegenden Wand um einen kleinen Tisch herum standen. »Setz dich doch«, sagte er.

Brodersen nickte. Er zog sich einen der Stühle herüber und ließ sich neben dem Krankenbett nieder.

»Sollst du meinen Fall aufklären?«, fragte Fork und schaute Brodersen in die Augen.

Der lächelte mild. »Nein, nein, Achim, keineswegs. Und soviel ich weiß, wird auch gar nicht ermittelt. Du weißt ja, in Fällen wie diesem …«

Fork nickte. »Du meinst meinen … Versuch?«

Brodersen legte den Kopf schief, antwortete aber nicht.

»Warum bist du dann hier?«

Der Kommissar räusperte sich. »Weil ich es dir doch versprochen habe, gestern im Notarztwagen, weißt du es nicht mehr?«

Brodersens ehemaliger Kollege schüttelte den Kopf.

»Und außerdem«, fuhr Brodersen fort, »wollte ich wissen, wie es dir geht.«

Joachim Fork winkte ab. Dann zeigte er auf seinen Armverband und gab in kurzen Worten wieder, wie es um seine Verletzungen stand.

Brodersen überlegte angestrengt, wie er das Gespräch in einer angemessenen und vorsichtigen Form auf die Hintergründe des Selbstmordversuches bringen konnte, aber es kam ihm keine Idee. Schließlich versuchte er es mit einer allgemein gehaltenen Frage: »Dir ging es auch vorher schon nicht gut, oder? Ich meine, bevor du hierhergekommen bist.« Brodersen fand seine eigene Frage in demselben Moment albern, in dem er sie gestellt hatte. Hätte Fork sonst einen Suizidversuch unternommen? Wenn es ihm gut gegangen wäre?

»Nein«, antwortete Fork nach einer Ewigkeit. »Es ging mir nicht gut und es geht mir nicht gut.«

Brodersen nickte. »Möchtest du … darüber … reden?«, fragte er leise.

Joachim Fork schüttelte langsam den Kopf. Dann ließ er sich auf sein Bett sinken und schloss die Augen.

Eine Zeit lang herrschte vollkommene Stille. Brodersen blickte auf das Gesicht seines ehemaligen Kollegen. *Achim ist alt geworden*, dachte er. *Sehr alt.* Dabei war er nur ein paar Jahre älter als Brodersen selbst und der Kommissar fragte sich, ob er eigentlich auch so alt aussah. Zumindest manchmal, wenn der Stress groß und der Schlaf zu wenig war. Zumindest für jemanden, der ihn nicht täglich sah.

Irgendwann erklang eine laute Melodie und ließ Brodersen zusammenzucken: Sein Handy! Er hatte vollkommen vergessen, es stumm zu schalten oder abzustellen. Mit einem entschuldigenden Blick zog er das Gerät hervor und drückte auf den Gesprächsannahmeknopf.

Es war Koch. Und was er zu sagen hatte, klang unglaublich.

7. Kapitel

»Rudows Auto ist verschwunden«, sagte Koch. »Frau Rudow hat gerade angerufen und den Diebstahl gemeldet.«

»Moment, Moment«, Brodersen rieb sich über seine Augen, »ich dachte, ihr habt den Wagen in der PTU?«

»Hatten wir«, versetzte Koch, »hatten wir! Bis heute Mittag. Dann hat Kellner den silbernen Toyota höchstpersönlich zu Rudows Haus gebracht und seiner Frau übergeben. Nur eine Stunde später war er weg ...«

»Hmm.« Brodersen wusste nicht, was er sagen sollte. Er schaute zu Fork hinüber, der sich wieder hingelegt und die Augen geschlossen hatte.

»Wir haben übrigens«, fuhr Koch fort, »keine weiteren Spuren im Wagen gefunden, die irgendwie von Belang sein könnten. Es gibt auch keine brauchbaren Anzeichen für einen Kampf oder so.«

»Nicht?«

»Nein, absolut nicht. Bleibt die Sache mit der Blutspur. Aber da sind Kolberg und seine Leute noch dran. Du weißt ja, die von der Spurensicherung haben da ihre Tricks. Stichwort: *genetischer Fingerabdruck*.«

Brodersen erhob sich und bat Koch um einen Augenblick Geduld. Dann wandte er sich an Fork und erklärte ihm mit einem zerknirschten Gesichtsausdruck in aller Kürze, worum es ging und dass er wegmüsse. Fork nickte nur kurz und winkte dann ab. »Kenn ich alles«, sagte er, »kenn ich alles ...«

Brodersen versprach, bald wiederzukommen, damit sie ihr Gespräch fortsetzen konnten, und drückte Fork zum Abschied kurz die Hand. Dann verließ er das Krankenzimmer und nahm das Handy wieder ans Ohr, als er auf dem Flur stand.

»Da bin ich wieder«, meldete er sich zurück.

»Alles klar bei dir?«

»Ja, ja. Ich bin hier im Krankenhaus und habe gerade einen alten Kollegen besucht, dem es im Moment nicht sonderlich gut geht.«

»Oh - ich wollte nicht stören ...«

»Lass mal«, wehrte Brodersen ab, »es ist ja wichtig. Also noch mal: Der Wagen von Rudow wurde *gestohlen*?«

»Offenbar. Frau Rudow hat ihn jedenfalls nicht weggefahren und sonst hat niemand einen Schlüssel ...«

»Niemand außer Rudow selbst«, murmelte Brodersen mehr zu sich als zu Koch.

»Wie bitte? Was hast du gesagt?«

»Ich habe mich gefragt, wie eigentlich Kellner den Wagen gefahren hat. Der brauchte doch auch einen Schlüssel. Also: Wo hatte er ihn her?«

»Von der Frau«, erklärte Koch, »also von Daniela Rudow. Wir hatten die Schlüssel geholt, nachdem der Wagen per Abschlepper zur PTU gebracht worden war. Kellner war bei Frau Rudow und hat den Zweitschlüssel geholt.«

»Den *Zweit*schlüssel - ganz genau! Weil den ersten nämlich Rudow selbst in Besitz hat.«

»Hä?«

»Der Wirt vom *Goldenen Kalb* hat es mir erzählt. Da war der Journalist am Mittwoch zum feuchtfröhlichen Skatabend. Als Rudow sich besoffen auf den Heimweg gemacht hat, ist der Wirt hinterher und hat ihn genau an der Stelle gestoppt, an der ihr den Toyota Avensis gefunden habt. Dann hat der Wirt Rudow aus dem Wagen geholt, abgeschlossen und die Schlüssel in Rudows Jackentasche gesteckt.«

Einen Moment lang drang nur Schweigen aus dem Gerät, dann war wieder Kochs Stimme zu hören. »Und du meinst ... Rudow selbst könnte gekommen sein und den Wagen geholt haben ...«

»Er oder jemand, der weiß, wo Rudow steckt.«

»Oder«, ergänzte Koch, »oder jemand, der Rudow umgebracht hat ...«

Brodersen starrte durch das Flurfenster, zu dem er während des Telefonats gewandert war, ohne es recht zu merken, und starrte hinaus. Die Dämmerung hatte eingesetzt und die Laternen auf dem

Klinikgelände brannten. *Oder jemand, der Rudow umgebracht hat …* – das wäre die schlechteste, die schrecklichste Variante. Aber warum sollte der Mörder den Wagen holen? Ging er damit nicht ein viel zu großes Risiko ein? Andererseits …

»Bist du noch da?«, fragte Koch nach einer Weile.

»Ja«, entgegnete Brodersen, »natürlich.«

»Ich wollte noch hinzufügen, dass wir den Wagen sofort in die Fahndung gegeben haben. Und zwar nicht nur als gestohlen, sondern als vermisst im Zusammenhang mit einem vermutlichen Verbrechen.«

»Gut«, antwortete Brodersen und warf einen Blick auf seine Armbanduhr. »Das habt ihr sehr gut gemacht.«

»Ich denke«, fuhr Koch fort, »jetzt können wir nur hoffen und beten, dass der Wagen irgendwo von einer Streife gesehen wird. Vielleicht wissen wir dann mehr.«

»Du meinst: abwarten und Tee trinken?«

»Eher Kaffee«, lachte Koch und Brodersen hörte ein Geräusch, das klang, als schlage der Kollege mit einem Löffel gegen eine Tasse.

»Hör mal, Thomas«, Brodersen drehte sich vom Fenster weg und begann, den Klinikflur in Richtung Treppenhaus entlangzugehen, »heute ist es, denke ich, schon zu spät dafür, aber ich werde mich gleich morgen früh mal in der Redaktion umhören, wo Rudow gearbeitet hat. Mal sehen, ob da was bei rauskommt. Morgen ist zwar Samstag, aber bei denen wird schon jemand zu sprechen sein.«

Koch hielt Brodersens Vorschlag für eine gute Idee und verabschiedete sich mit einem kurzen Gruß.

Als das Telefonat beendet war, fiel Brodersen ein, dass er gar nicht gefragt hatte, ob sie ihre regelmäßigen Besprechungsrunden im Präsidium noch abhielten. Seit er krankgeschrieben war und im Dienst fehlte, schienen die Kollegen aus Zeitmangel auf einiges zu verzichten, was sonst gang und gäbe war.

Kurz nach sechzehn Uhr verließ der Kommissar das Klinikgelände und machte sich auf den Heimweg. Unterwegs fiel ihm auf, dass der Tank seines Volvos fast leer war. Also hielt er bei ARAL an der Prenzlauer Promenade und füllte Kraftstoff nach. Das Benzin war schon wieder teurer geworden und Brodersen vermutete, dass diese Tatsache im Zusammenhang mit den bevorstehenden Feiertagen stand; die fünfzig Liter Super kosteten ihn ein kleines Vermögen.

Als er sein Haus im Heinersdorfer *Blumenwinkel* erreichte, sah er, dass Christiane zurück war: Ihr Peugeot stand in der Einfahrt und Brodersen hatte einige Mühe, mit seinem weitaus größeren Wagen daneben zu passen. Nach mehrmaligem Vor- und Zurücksetzen gelang es ihm schließlich. Kopfschüttelnd stieg er aus und holte knurrend die Hausschlüssel hervor. Seine Frau würde es wohl nie lernen, etwas weiter links zu parken und nicht fast in der Mitte der Einfahrt. Aber was sollte man machen?

»Wir brauchen noch Milch«, begrüßte ihn Christiane, als Brodersen in die Küche kam. »Die hab ich völlig vergessen. Ob du noch mal schnell zum ALDI ...?«

Der Kommissar, noch in Jacke und mit den Hausschlüsseln in der Hand, starrte seine Frau sprachlos an. Die wirbelte zwischen Herd und Küchentisch hin und her und war offenbar damit beschäftigt, ein ausgedehntes Mahl zuzubereiten.

»Milch ...«, wiederholte Brodersen schließlich halb fragend, halb spöttelnd.

»Ja, mein Schatz, Milch.« Christiane, gerade wieder unterwegs zum Herd, hauchte dem Kommissar einen Kuss zu und drückte ihm dann eine Plastiktüte von PLUS in die Hand, auf der *Die kleinen Preise* abgebildet waren. »Vier Packungen Milch. 1,5 Prozent Fett.«

Brodersen nickte stumm. Das *Zu Befehl*, das ihm auf den Lippen gelegen hatte, schluckte er herunter. Stattdessen machte er auf dem Absatz kehrt und verließ das Haus, das er doch eben gerade erst betreten hatte.

Was war mit Christiane los? Hatte er irgendetwas übersehen? Irgendein besonderes Datum oder so? Weshalb war seine Frau so aufgekratzt?

Während Brodersen durch die Siedlung lief, zermarterte er sich das Hirn darüber, kam aber zu keinem rechten Ergebnis.

Bei ALDI an der Rennbahnstraße erwarb er die gewünschte Milch und eine kleine Thüringer Bauernsalami, die er sofort verzehrte. Wie ihm erst jetzt auffiel, hatte er seit dem Morgen nichts mehr gegessen. Schließlich machte der Kommissar sich auf den Heimweg.

Im Clematisweg passierte es dann:

»Hallooo! Herr Brodersen?!«

Brodersen blieb wie festgefroren stehen und drehte sich um.

»Herr Brodersen?! Ahh! Sie sind es tatsächlich!«, rief die Frau, deren Stimme ihn fast zur Salzsäule hatte erstarren lassen. Er kannte die Frau flüchtig; sie wohnte ein paar Häuser weiter und er war ihr das eine oder andere Mal im Zeitungsladen oder auf der Straße begegnet, aber er wusste nicht, wie sie hieß, und vor allem wusste er nicht, was sie von ihm wollte.

Inzwischen war die Frau näher gekommen und hatte vor Brodersen Aufstellung genommen. »Schön, dass ich Sie mal treffe«, sagte sie. »Sie sind doch bei der Polizei, nicht wahr?«

Brodersen hob die Augenbrauen. »Ich bin bei der Kripo«, entgegnete er brummend.

»Bei der Kripo«, wiederholte sie mit einem beeindruckten Unterton in der Stimme, »bei der Kripo sogar! Da werden Sie mir ganz sicher helfen können.«

»Worum dreht es sich denn?«

»Also, das ist so«, begann sie und Brodersen ahnte, dass es ein längeres Gespräch werden würde. »Der Heinz, was mein Mann ist, also der Heinz und ich, wir hatten am vergangenen Wochenende den Hund meiner Schwägerin in Pflege. Ein lieber Kerl, kann ich Ihnen sagen. Hört aufs Wort. Und so ein hübscher …«

»Könnten Sie bitte zur Sache kommen, Frau …«

»Kleinert. Isolde Kleinert. Ich wohne in Nummer …«

»Bitte!«

»Also schön«, sagte Sie zerknirscht. »Wir hatten den Hund in Pflege. Den Bolle. Und da sind wir mit ihm am letzten Samstag ins *Lin-*

dencenter und wollten ein bisschen was einkaufen. Wir brauchten auch noch eine neue Lichterkette für den Weihnachtsbaum und …«

Brodersen blickte sie streng an und sie verstand sofort.

»Auf einmal fiel der Bolle um und war tot.«

»Im Lindencenter?«

Isolde Kleinert nickte. »Genauer gesagt beim *Media-Markt*. In der Küchen-Großgeräteabteilung.«

»Und dann?«

»Nun, wir waren ziemlich geschockt! Einer der Verkäufer war auch ein Hundebesitzer, der kannte sich aus und bestätigte, dass Bolle gestorben war.«

»Frau Kleinert«, Brodersen rieb sich über das Kinn, »ich kann verstehen, dass das eine traurige Geschichte für Sie ist, aber ich weiß offen gestanden nicht, wie ich Ihnen da helfen kann. Sie gehen doch wohl nicht davon aus, dass der Hund ermordet wurde, oder?«

Sie schüttelte hastig den Kopf. »Nein, nein, aber das eigentlich Verrückte kommt ja erst noch.«

»Was denn *noch*?«

»Dieser Verkäufer - der, der auch einen Hund hatte - der gab uns einen großen Karton. Die Verpackung von einem Fernseher. In diesen Karton legten wir den toten Bolle und trugen die Kiste dann zum Parkhaus und hievten sie in den Kofferraum unseres Wagens. Schließlich wollten wir ja noch unsere Besorgungen machen und der Hund würde auch nicht wieder lebendig davon, wenn wir jetzt auf unsere Einkäufe verzichten würden …«

Brodersen sah demonstrativ auf seine Armbanduhr.

»Was soll ich lange sagen: Als wir nach den erledigten Einkäufen zu unserem Wagen zurückkamen, war der Hund weg!«

»Der tote Hund?«

Isolde Kleinert nickte. »Samt Kiste. Der Kofferraum war aufgebrochen und der Karton mit Bolle war weg.«

Brodersen schüttelte den Kopf. So eine irre Geschichte hatte er lange nicht mehr gehört. Wer stahl den Leichnam eines Hundes? Und wozu?

»Ich hätte gern gewusst, ob Sie mir dabei behilflich sein könnten, dass wir etwas schneller an die Unterlagen von der Polizei kommen, die wir für die Versicherung brauchen. Wir würden das Kofferraumschloss unseres Autos gern reparieren lassen.«

Brodersen notierte sich die wichtigsten Angaben und versprach, die Bitte an die Kollegen vom Diebstahldezernat weiterzuleiten, wofür sich Frau Kleinert überschwänglich und wortreich bei ihm bedankte.

Brodersen winkte nur ab und sah zu, dass er endlich verschwinden konnte.

8. Kapitel

Kurz nach zehn betrat Kriminalhauptkommissar Werner Brodersen am Samstag, dem 23. Dezember 2006, die Redaktion der *Berliner Tagespost*. Das Haus, in dem sich Rudows Arbeitsplatz befand, war der reinste Glaspalast. Da die Zeitung an sieben Tagen in der Woche erschien, wurde auch heute gearbeitet.

Während Brodersen mit dem Aufzug in die sechste Etage fuhr, dachte er an den gestrigen Abend und das Essen mit Christiane. Sie hatte sich viel Mühe gegeben und er vermutete, dass es ausschließlich ihm gegolten hatte. Dass sie ihn hatte aufmuntern wollen. Aber es war ihr nicht gelungen. Und das lag gewiss nicht an ihren Kochkünsten oder an ihrem Charme. Es lag eher daran, wie er sich verhalten hatte.

Brodersen wusste, dass die Art, mit der er auf Christianes Fürsorglichkeit reagiert hatte, völlig überzogen gewesen war. Er hatte sie stehen lassen mit ihrem Essen und war zu Bett gegangen. Und er hatte einen Satz gesagt, den er im Nachhinein ehrlich bedauerte: *Ich brauche weder Schonkost noch Mitleid.* Hinterher hätte er sich ohrfeigen können für so viel ausgemachten Blödsinn, aber es war gesagt und nicht mehr zurückzunehmen.

Als der Aufzug in der Redaktionsetage ankam, verdrängte Brodersen die düsteren Gedanken und versuchte, sich auf seinen Fall zu konzentrieren. Der Mann vom Wachschutz, der unten am Empfang gesessen und Brodersen den Weg zu den entsprechenden Räumen der *Berliner Tagespost* beschrieben hatte, konnte dem Kommissar die genaue Zimmernummer von Rudows Büro nicht nennen. Er hatte eine Ewigkeit lang im Computer herumgeklickt und gescrollt und war zu keinem Ergebnis gelangt. *Aber auf jeden Fall in der sechsten Etage*, hatte er gesagt.

Also klopfte Brodersen an der erstbesten Tür, die sich in Aufzugnähe befand. *Klingler* und *von Oerzen* stand auf dem Namensschild. Dazu *Sportredaktion.* Einen Augenblick wartete der Kommissar, bevor er die Klinke niederdrückte und das Büro betrat. Es war – das fiel

Brodersen sofort ins Auge - über und über mit Fußballpostern tapeziert. Überall lagen Stapel von Sportmagazinen und bunten Illustrierten. Auf einem schmalen Sideboard stand ein eingeschalteter Fernseher. Und zwischen alldem sprang ein kleines untersetztes Männchen mit Nickelbrille und Stirnglatze herum und telefonierte rauchend mit jemandem auf Englisch. Den eintretenden Kommissar ignorierte es völlig.

Brodersen lehnte sich an einen der Schreibtische und wartete. Irgendwann hatte der Mann sein Telefonat beendet und zuckte zusammen, als er Brodersen entdeckte. »Wie kann ich Ihnen helfen?«, fragte er schließlich, kam auf den Kommissar zu und streckte ihm seine rechte Hand entgegen, nachdem er die Zigarette nach links verfrachtet hatte. »Von Oerzen«, sagte er noch, »Sportreporter.«

»Brodersen, Kriminalpolizei«, entgegnete Brodersen und zeigte dem kleinen Mann seinen Dienstausweis. »Ich suche den Arbeitsplatz von Herrn Rudow.«

»Ru-dow …«, sagte von Oerzen gedehnt und legte die glänzende Stirn in Falten, »Rudow. Hmm, warten Sie mal …« Nach einigen Augenblicken des Nachdenkens hellte sich sein Blick auf und er tippte sich an die Schläfe: »Ach, Sie meinen *Volker*! Volker Rudow von der Berlin-Redaktion …«

Brodersen nickte. »Der sitzt eine Etage tiefer. Zimmer … 510.«

Brodersen wiederholte die Zimmernummer, bedankte sich bei dem Sportsmann und verließ von Oerzens Büro. Auf der Treppe hinab zum fünften Stock schüttelte er den Kopf: *Ein rauchender und völlig nervöser Mann, dieser von Oerzen*, dachte er. Irgendwie komisch - Sportjournalisten hatte er sich immer anders vorgestellt. Irgendwie … sportlicher.

Zimmer 510 fand Brodersen sofort. Auch hier ein baugleiches Namensschild neben der Tür. Drei Namen waren angegeben: *Plasser*, *Münnich* … und *Rudow*.

Brodersen klopfte kurz, trat diesmal aber ohne Verzögerung ein. *Herein* schien heutzutage ohnehin niemand mehr zu sagen.

Rudows Büro war deutlich aufgeräumter und übersichtlicher als das des Sportreporters. Auch waren die Wände lediglich mit zwei Kohlezeichnungen von Berliner Wahrzeichen geschmückt: Funkturm und Gedächtniskirche. Nichts aus dem Osten.

»Guten Tag«, sagte Brodersen und wandte sich an einen der beiden Männer, die in diesem Büro saßen, »mein Name ist Brodersen und ich komme vom LKA.«

Der Mann erhob sich und nannte seinen Namen: »Ulrich Plasser.«

»Es geht um Ihren Kollegen«, fuhr Brodersen fort, »Herrn Rudow.«

Plasser nickte. »Wir haben erfahren, dass er verschwunden ist. Weiß man schon Genaueres?«

Brodersen schüttelte den Kopf. »Wir ermitteln noch. Und genau deshalb bin ich hier. Ich würde von Ihnen gern etwas über Herrn Rudow erfahren.«

Der Journalist trat zurück zu seinem Schreibtischstuhl und setzte sich. »Was denn?«

»Nun - eigentlich ... alles.«

»Alles?!«, wiederholte Plasser, lehnte sich zurück und seufzte. »Also denn: Alles.«

Brodersen setzte sich auf die Kante von Plassers Tisch und verschränkte die Arme.

»Vielleicht kann man sagen, dass der Volker ein komischer Kauz war ...«, begann Plasser.

»Wieso sagst du *war*?«, wandte der Mann ein, der im hinteren Bereich des Zimmers saß und bislang angestrengt auf seinen Bildschirm gestarrt hatte. »Das klingt, als sei Volker schon tot.«

»Also gut«, Plasser verdrehte die Augen, »Volker *ist* schon ein komischer Kauz. Immer adrett, immer braun gebrannt. Man möchte meinen, er käme immer gerade aus dem Süden.«

»Kommt er aber nicht«, mischte sich der andere erneut ein. »Seine Hautfarbe hat er nur vom *Münzmallorca*.«

»Münzmallorca?«

Plasser grinste. »Der Kollege Münnich meint ein Solarium.«

Brodersen verzog das Gesicht.

»Und trotzdem ist er, auf irgendeine Weise, nie zufrieden.«

»Inwiefern?«

»Nun ja, er scheint mir ... irgendwie ... immer auf der Suche zu sein.«

»Auf der Suche?«

»Ja.« Plasser schmunzelte. »Kennen Sie diese kurzen italienischen Zeichentrickfilme, die es früher oft im Kino und im Fernsehen zu sehen gab? *Herr Rossi sucht das Glück*, hießen sie. Können Sie sich noch an den Titelsong erinnern?«

Brodersen wusste, welche Filmchen Plasser meinte. Auch wenn es Ewigkeiten her sein musste, erschienen der kleine dicke Mann mit dem roten Jackett und sein Hund Gastone vor Brodersens innerem Auge. Aber der Titelsong? Wie ging der?

»*... denn Herr Rossi sucht das Glück / Sucht man es, so fehlt ein Stück / Ja, es fehlt ein Stück vom Glück* ... So heißt es da.« Plasser schmunzelte noch immer. »Und so ungefähr kommt mir Volker vor. Immer auf der Suche nach dem Glück.«

Der Kommissar nickte leicht. »Und wie erklären Sie sich das?«

Plasser drehte die Handflächen nach oben. »Ich habe lange darüber nachgedacht. Und ich glaube, im Grunde geht es den meisten Menschen so ähnlich wie Herrn Rossi oder eben wie Volker Rudow - sie sind auf der Suche nach dem Glück. Ich nehme mich selbst da gar nicht aus. Als Kind wünschte ich mir einen eigenen Hund, dann ein Fahrrad. Ich dachte, dann wäre ich am Ziel meiner Träume - dann wäre ich glücklich. Aber so war es nicht. Das Glücksgefühl hielt nicht lange an. Es ging irgendwie immer weiter: ein toller Beruf, *die* Frau fürs Leben, ein schicker roter Flitzer ... Aber immer scheint das Glück schneller zu sein als wir, die wir danach suchen.«

Brodersen rieb sich über die Augen.

»Hat man das gesetzte Ziel erreicht«, fuhr Plasser fort, »bleibt das erhoffte Glücksgefühl irgendwie aus. So geht das immer weiter: neue Ideen, neue Wünsche werden ersonnen und angestrebt, immer in der Hoffnung, diesmal das wahre, das umfassende Glück zu finden.

Doch so sehr wir uns auch bemühen: Alle diese Wege führen nicht dahin, wovon wir träumen. Auch die Karriereleiter hat eine oberste Stufe. Und dann? Was kommt dann? Bekommen wir es dann mit der Höhenangst zu tun?«

»Mensch Ulli, du bist ja ein richtiger Philosoph!«, kam es von Münnich, der seinen eigenen Satz offenbar urkomisch fand und eine Lachsalve erklingen ließ.

Der Kommissar blickte Plasser in die Augen. »Und was ist bei Herrn Rudow dabei besonders? Ich meine, Sie sagten ja eben selbst, dass dieses Phänomen weit verbreitet ist. Dass auch Sie selbst nicht ganz frei davon sind.«

Ulrich Plasser nickte. »Das Besondere bei Volker ist, dass hinter alldem nicht nur eine Sinnsuche zu stecken scheint, sondern auch … Angst.«

»Angst?«

»Ja. Angst.« Der Journalist drehte sich auf seinem Schreibtischstuhl und kratzte sich am Kinn. »Es ist schon … merkwürdig und ich kann es nicht richtig erklären oder beschreiben, aber irgendwie scheint er von einer … imaginären Angst getrieben zu werden.«

»Hmm«, Brodersen wusste nicht, was er davon halten sollte. Steckte wirklich etwas dahinter oder waren es nur Plassers subjektive Empfindungen? »Sagen Sie, Herr Plasser«, Brodersen sah zu Münnich hinüber, »und auch Sie, Herr Münnich: Könnten Sie sich vorstellen, wo Ihr Kollege steckt?«

Plasser zuckte mit den Schultern, wollte aber gerade etwas auf Brodersens Frage entgegnen, als Münnich aus voller Kehle zu singen begann: »*Ich war noch niemals in New York, ich war noch niemals auf Hawaii, ging nie durch San Francisco in zerriss'nen Jeans …*«

Brodersen schüttelte entsetzt den Kopf.

»Kennen Sie das Lied?«, fragte Münnich. »Es stammt von Udo Jürgens. Auch Howard Carpendale hat es mal gesungen, auf seiner letzten Tournee.«

»Herr Münnich, ich wüsste nicht …«

»Ausgebrochen aus dem Alltag! Wenn Sie mich fragen – der Volker ist ausgebrochen aus dem Alltag. Sie wissen ja: der schnelle Weg zum Zigarettenautomaten ohne Wiederkehr ...«

Brodersen drehte den Kopf und blickte Plasser an. »Glauben Sie das auch, Herr Plasser?«

Der Journalist legte die Stirn in Falten und machte ein ratloses Gesicht. »Ich weiß es nicht«, sagte er. »Aber ganz ausschließen würde ich es nicht. Wenngleich mich so ein merkwürdiges Gefühl beschleicht, dass mehr dahinterstecken könnte.«

»Was denn?«

Plasser zuckte mit den Schultern. »Vielleicht ist ihm wirklich etwas zugestoßen ...«

Der Kommissar schürzte seine Lippen. Bevor er etwas sagte, ließ er einen Augenblick verstreichen, aber weder Plasser noch der Clown Münnich schien etwas hinzufügen zu wollen.

»Womit hat sich Herr Rudow denn zuletzt beschäftigt? An welchen Sachen war er dran?«

»Ach«, Plasser winkte ab, »soo große Storys machen wir hier gar nicht. So was wie *Enthüllungsjournalismus* ist nicht das Niveau der *Tagespost.*«

Brodersen schüttelte den Kopf. »Das meine ich gar nicht unbedingt, Herr Plasser. *Enthüllungsjournalismus* ... Aber Sie wissen so gut wie ich, dass oft und gerade auch die kleinen Dramen, die Familienkonflikte und Krisen, Stoff für die Presse bieten. Und dass nicht jedem lieb ist, wenn über ihn berichtet wird.«

Plasser rollte mit den Augen. Er lehnte sich in seinem Ledersessel zurück und drehte sich leicht nach links. »Nun ja, so was gibt's. Aber Volker? Nein, der hat solche Sachen nicht gebracht.«

»Was denn dann?«

Plasser blies die Backen auf, um die Luft gleich wieder in einem lang gezogenen Akt entweichen zu lassen. »Buntmetalldiebstahl«, sagte er. »Seine ganze Kraft, ja sein ganzes Herzblut lag in den letzten Wochen nur bei diesem Thema.«

Brodersen horchte auf. Ihm fiel ein, dass auch Rudows Frau das erwähnt hatte.

»Es ist ja auch ein spannendes Thema«, fuhr Plasser fort. »In Polen beispielsweise gefährdet der Schienenklau schon die Sicherheit der gesamten Eisenbahn.«

Brodersen verzog das Gesicht. »Ist das nicht ein wenig … übertrieben?«

»Ganz und gar nicht, Herr Kommissar, ganz und gar nicht.« Plasser drehte sich herum und begann auf die Tastatur seines Computers einzuschlagen. Nach wenigen Sekunden fuhr ein Lächeln über sein Gesicht. Er drehte den Bildschirm herum und Brodersen konnte die Meldung lesen. Sie stammte aus der *Tagesschau* und gab genau das wieder, was Plasser ihm erzählt hatte: *Schienendiebe gefährden Bahnbetrieb.*

»Außerdem sind in der Nähe von Marburg Anfang des Jahres fünf Kilometer Bahngleise verschwunden. Das klingt wie ein Witz, ist aber bitterer Ernst.«

»Und wer steckt dahinter?«, fragte Brodersen.

Plasser zuckte mit den Schultern. »Das ist wohl unterschiedlich. Mal sind es Einzeltäter, mal kleinere Banden. Die klauen nicht nur Schienen, sondern auch Geländer, Fahrdrähte und Ähnliches.«

»Da bekommt der Begriff *Drahtzieher* doch gleich eine ganz neue Bedeutung, was?«, schaltete sich Münnich dazu.

Brodersen ging nicht darauf ein. »Sagen Sie, Herr Plasser, wenn Ihr Kollege Volker Rudow ein, wie Sie sagen, so großes Interesse an dieser Buntmetallgeschichte hatte, dann wird es doch auch Aufzeichnungen geben. Ich meine, er wird sich doch Notizen angefertigt haben, Recherchen zusammengetragen, Fotos gemacht …«

Plasser zuckte mit den Schultern. »Vermutlich gibt es was. Aber ich habe keine Ahnung, wo. Wissen Sie, in Papierform lagern wir hier schon lange nichts mehr und was Volker in seinem PC hat, entzieht sich meiner Kenntnis.«

»Ich nehme an, das hier ist sein PC?«, sagte Brodersen und wies auf den Monitor, der auf einem Schreibtisch stand, den er für Rudows Arbeitsplatz hielt.

»Nein«, kam es von Münnich, »das da ist nur der Flachbildschirm.

Sein PC steht unter dem Tisch!« Eine unqualifizierte Lachsalve folgte, aber Brodersen scherte sich nicht darum. Stattdessen ging er in die Hocke und schaltete den Computer des Journalisten ein. Es piepste und das Gerät fuhr hoch. Als die Anmeldung zum Betriebssystem kam, forderte der Rechner zur Eingabe eines Passwortes auf.

Brodersen blickte zu Plasser, aber der zuckte nur mit den Schultern. Also startete er selbst ein paar Versuche, die aber alle fehlschlugen.

»Wie heißt Rudows Hund?«, fragte der Kommissar irgendwann, aber Plasser hatte keine Ahnung.

»Töle oder Köter«, kam es prustend von Münnich und jetzt platzte Brodersen der Kragen und er brüllte den Mann an, dass selbst Plasser zusammenzuckte: »Vielleicht haben Sie es noch nicht mitbekommen, Herr Münnich, aber das hier ist eine kriminalpolizeiliche Ermittlung und kein Provinztheaterstück. Entweder Sie äußern sich vernünftig oder Sie halten die Klappe, verstanden?«

Münnich nickte erschrocken, erwiderte aber nichts.

Brodersen probierte es noch zwei- oder dreimal mit Fantasienamen, dann zog er sein Handy hervor und rief Daniela Rudow an. Eine halbe Minute später wusste er es: Rudows Hund hieß Dargo. Und *Dargo* war auch das Passwort.

9. Kapitel

Er erwachte, als auf den Gleisen, die direkt neben dem Haus verliefen und die er von seiner Pritsche aus durch das Fenster sehen konnte, ein Intercity vorbeidonnerte.

Volker Rudow rieb sich die Augen und brauchte einen Augenblick, bis er realisiert hatte, dass es Mittagszeit war. Nach dem Frühstück, das sie ihm gebracht hatten, musste er irgendwann noch einmal eingeschlafen sein.

Nun war er schon fast drei Tage hier und er fragte sich, wie lange es wohl noch dauern und wann es endlich vorbei sein würde. Morgen war Weihnachten. Und es wäre das erste Weihnachtsfest seit seiner Heirat, das er ohne Daniela verbringen würde. Aber was nutzte es? Er konnte es nicht ändern und tief in seinem Herzen spürte er, dass ihm Daniela in vielerlei Hinsicht gleichgültig geworden war. Warum hätte er nicht sagen können und auch war es nicht so, dass er für Daniela nichts mehr empfand - ganz im Gegenteil; in seiner augenblicklichen Situation dachte er sehr oft an sie. Dennoch: Es stand etwas zwischen ihnen. Etwas, das Rudow nicht einmal hätte in Worte fassen können. Aber es war etwas, das die Macht besaß, ihre Wege zu trennen.

Draußen war es diesig und grau. *Trostlos*, dachte er. *Trostlos und kalt.*

Rudow erhob sich und ging in dem Zimmer, in dem seine Pritsche stand, ein paarmal auf und ab, bis ihm allmählich etwas wärmer wurde. Es war eine merkwürdige, eine unnatürliche Situation, in der er sich befand. Merkwürdig, weil alles so spontan, so *Hals-über-Kopf* gekommen war. Und unnatürlich, weil das, was hier vor sich ging, so ganz anders, so ganz entgegen dem war, was er kannte und liebte, plante und wollte. Aber wenn er ganz ehrlich war - befand er sich nicht auch sonst in einer solch zerrissenen Lage? Bei den Skatfreunden, in der Redaktion, selbst vor seiner Frau - wie oft hatte er eine Rolle gespielt. Eine Rolle, die so mit ihm verwachsen war, dass er sie selbst für real hielt. Aber das war sie nicht - real; ganz im

Gegenteil. Diese Rolle, die er spielte, die Rolle eines ehemals erfolgreichen Geschäftsmannes, der nun ein ebenso erfolgreicher Journalist war, sie war eine Lüge. Denn hinter der Fassade steckte die Angst.

Rudow stellte sich an das vergitterte Fenster und sah den bunten Autos zu, die in einiger Entfernung und von hier aus nicht hörbar über die breite Straßenbrücke Richtung Autobahn flitzten. *Diese Angst*, dachte Rudow, *immer wieder diese Angst* ... Er konnte machen, was er wollte, um sie zu verdrängen und zu vergessen - es gelang ihm nicht.

Und nun war er hier. Er fragte sich, was kommen würde und ob er in der Lage sein würde, seine Angst wieder zu betäuben. Vielleicht war das, was kommen würde, die einzige Lösung. Vielleicht war es so etwas wie der berühmte Strohhalm, an den sich ein Ertrinkender klammert.

Er hatte doch nur dieses eine Leben. *Wenn man ein Porzellanservice mit zwölf Tellern kauft und zwei kaputt schlägt, bleiben immer noch zehn*, dachte er. Aber er hatte nur dieses eine Leben. Und er wollte es so leben, wie es wohl eigentlich gedacht war: geborgen und unbekümmert. So wie als Kind. Leben ohne Angst.

Volker Rudow wusste nicht, ob ihm das gelingen würde. Aber er wusste, dass nichts mehr so sein würde, wie es gewesen war.

10. Kapitel

»Sie sollten bei uns anfangen«, amüsierte sich Plasser, als es Brodersen tatsächlich relativ schnell gelungen war, das Passwort in Rudows Computer zu knacken.

Der Kommissar ließ ein Grinsen über sein Gesicht huschen. Lange genug hatte er Gronau bei derartigen Aktionen zugesehen, um sich über eine wichtige Erkenntnis im Klaren zu sein. Der Erkenntnis, dass ein Großteil der Leute den Namen eines eigenen Kindes oder Haustiers als Passwort verwendet. Es klappte gewiss nicht immer, aber es war immer einen Versuch wert. Was Brodersen allerdings wunderte, war die Tatsache, dass Rudow als Journalist (noch dazu mit sicherlich sensiblen Daten auf seiner Festplatte) ein so geringes Sicherheitsbewusstsein hatte.

Nachdem die Anmeldung am Computer erledigt war, klickte Brodersen durch die Menüs. Mit Plassers Hilfe fand er sich in der Dateiablagestruktur schnell zurecht - alle Mitarbeiter der *Berliner Tagespost* waren durch die Systemeinstellungen gezwungen, nach einem gleichen Schema bei der Abspeicherung vorzugehen.

Die Fülle an Texten für Berichte, Reportagen und Notizen, die sich in Rudows Computer befanden, war erschlagend und Brodersen fragte sich, wo er anfangen sollte. So etwas wie einen *privaten Ordner* oder Ähnliches fand er auf den ersten Blick nicht. Der Kommissar kratzte sich am Ohr, starrte auf das Dateiverzeichnis und suchte nach einem interessanten Schlagwort.

»Wie wäre es denn«, meldete sich Plasser wieder zu Wort, »ich meine, nur mal so als Tipp - wie wäre es denn, wenn Sie die Dateien nach dem Datum der letzten Änderung ordnen lassen? Dann können Sie sehen, woran Volker zuletzt gearbeitet hat ...«

Brodersen nickte. Er fand Plassers Idee ausgezeichnet. Da er selbst nicht in dem Verdacht stand, ein Computerexperte zu sein, bat er den Journalisten, die Ordnungsaktion für ihn zu übernehmen. Also beugte sich Plasser über die Tastatur, klickte ein paarmal mit der Maus und schon waren die Dateien geordnet. Die letzten beiden

Texte stammten vom 18.12. und beinhalteten den Entwurf für einen Artikel zur Sanierung des Berliner Doms; davor ging es um einen Betrunkenen, der in die Spree gefallen war und um eine groß angelegte Radarkontrolle der Berliner Polizei. Letztere Datei trug sinnigerweise den Namen *Die große Mausefalle* ...

Und dann entdeckte Brodersen einen Ordner, der mit der Bezeichnung *Bummi* versehen war. Der Kommissar deutete auf den Namen und blickte dann zu Plasser, der noch immer über ihn gebeugt war und ihm über die Schulter schaute.

»Hmm«, brummte der, »keine Ahnung, was da drin ist. Sollte Volker nebenher auch für diese Kinderzeitschrift gearbeitet haben? Für den *Bummi?*«

Brodersen bewegte die Maus und ließ den Zeiger über dem merkwürdigen Ordner zum Stehen kommen. Dann vollführte er einen Doppelklick und öffnete ihn. Eine unendlich lange Liste von Word-Dokumenten erschien. Darunter Namen wie *Bahnartikel*, *Flure*, *Edles* oder *Ankaufspreise.*

Nachdem Brodersen und Plasser einige jener Dateien gesichtet hatten, ergab sich rasch ein klares Bild: Es ging um Bunt- und Edelmetalldiebstähle. Rudow hatte - soweit Brodersen das auf den ersten Blick erkennen konnte - gründlich recherchiert. Es gab Informationen zu allem, was auch nur im Entferntesten mit diesem Thema zu tun haben könnte.

»Da sehen Sie, dass ich recht hatte«, meinte Plasser nach einiger Zeit, »Volkers neues Hobby.«

Brodersen las sich weiter durch die Texte und reagierte nicht auf Plassers Bemerkung.

»*Bummi*«, fuhr der Journalist fort, »das muss er sich ausgedacht haben - als Abkürzung für *Buntmetall* oder *Buntmetalldiebe* oder so ...«

»Blöde Abkürzung«, war die Stimme Münnichs halblaut zu hören. Offenbar testete er, ob seine Meinung inzwischen wieder willkommen war.

»Wie auch immer«, sagte Brodersen schließlich, »das alles mag höchst interessant sein, aber es bringt uns in der Sache selbst nicht wirklich weiter. Wo Volker Rudow steckt, beantworten uns diese Daten auch nicht.«

Langsam kam der Kommissar ans Ende der Liste. Es blieb nur noch eine einzige Datei übrig. Diese trug gar keinen Namen, sondern nur eine Ziffernfolge: *122006.*

Als Brodersen sie öffnen wollte, erschien eine Meldung auf dem Bildschirm:

Kennwort für die Datei eingeben –
\\D...\Redaktion\Berlin\Rudow\Bummi\122006.

Was war das? Warum war diese Datei als einzige mit einem zusätzlichen Kennwort geschützt? Brodersen probierte es mit *Dargo*, aber darauf reagierte der Computer nur mit einem Tuten und es kam eine Fehlermeldung:

Falsches Kennwort. Word kann das Dokument nicht öffnen.

Brodersen und Plasser wechselten einen kurzen Blick.

»Merkwürdig«, raunte Plasser und Brodersen versuchte es noch eine Zeit lang mit anderen Passwörtern, aber jeder seiner Versuche schlug fehl. Schließlich gab er es auf.

»Können Sie mir diese Datei auf eine Diskette kopieren?«, fragte der Kommissar den Journalisten und rieb sich über die Augen. »Im Präsidium haben wir Experten. Vielleicht können die das Passwort knacken ...«

»Ein Diskettenlaufwerk hat dieser PC nicht. Das hat kaum noch ein moderner Computer. Aber wenn Sie wollen, könnte ich Ihnen das Dokument auf eine CD brennen.«

»Ja bitte, tun Sie das.«

Brodersen erhob sich von Rudows Schreibtisch und machte dem Journalisten Platz. Ein paar Minuten später drückte der ihm die frisch gebrannte CD mit der ominösen Datei in die Hand und der

Kommissar verabschiedete sich dankend von Plasser. Münnich warf er einen kopfschüttelnden Blick zu. Dann verschwand er.

Fünf Minuten vor vierzehn Uhr traf Werner Brodersen im Präsidium des Berliner Landeskriminalamts in der Keithstraße ein. Zunächst steuerte er Kochs Büro an, in der Hoffnung, den Kollegen dort anzutreffen. Als er feststellte, dass abgeschlossen war, suchte er Gronau auf, der inzwischen wieder in seinem eigenen, nunmehr frisch renovierten Zimmer hauste. Der Kollege berichtete von dem geplanten Vorhaben, sich um fünfzehn Uhr in großer Runde zu treffen und die anstehenden Aufgaben und Ermittlungssachen zu besprechen.

»Du kommst also gerade zur rechten Zeit«, merkte Gronau an, griff nach einer Kaffeetasse und stellte sie vor Brodersen auf den Tisch. »Setz dich nur. Ein bisschen ist ja noch hin, bis drei.«

Brodersen zog seine Jacke aus und hängte sie über die Stuhllehne, dann setzte er sich und nahm einen Schluck von dem duftenden Kaffee, den Gronau in die Tasse gefüllt hatte. Soviel Brodersen wusste, kaufte der Kollege seinen Kaffee ausschließlich in Polen und irgendwie schmeckte er kräftiger als der hiesige. Zumindest als der, den Brodersen kannte.

»Was gibt es Neues von deinem Journalisten?«, fragte Gronau irgendwann.

Brodersen tippte sich an die Stirn. »Gut, dass du mich daran erinnerst! Ich hab da was für dich …«

»Für mich?«

»Ja!« Brodersen griff in seine Jackentasche und holte die CD-ROM heraus, die Plasser ihm gebrannt hatte. Die CD-ROM mit der ominösen Datei. Der Kommissar wedelte kurz mit der Silberscheibe herum und legte sie dann vor Gronau auf den Tisch.

»Was soll ich damit?«

»Knacken«, entgegnete Brodersen, »du sollst herausfinden, was sich auf der kennwortgeschützten Datei befindet, die auf der CD gespeichert ist.«

Gronau nickte heftig und Brodersen vermutete, dass diese Aufgabe seinen Jagdinstinkt geweckt hatte: Ein Kennwortschutz war offenbar immer wieder eine große Herausforderung. Der Kollege griff nach dem Datenträger und schob ihn in den entsprechenden Laufwerksschacht seines Computers. Und von diesem Moment an befand sich Kriminaloberkommissar Gronau in einem tranceartigen Zustand, der ihn im Normalfall dazu brachte, alles um sich herum zu vergessen.

Brodersen sah dem Kollegen eine Weile lang zu, schlürfte seinen polnischen Kaffee und blickte hin und wieder auf seine Armbanduhr. Als es zwei Minuten vor fünfzehn Uhr geworden war, räusperte er sich und stellte die Tasse hörbar auf den Tisch. Gronau reagierte nicht darauf. Unablässig tippte und klickte und klickte und tippte er.

»Die Besprechung fängt gleich an«, sagte Brodersen. »Wir sollten rübergehen ...«

Gronau starrte auf den Bildschirm. Dann schüttelte er den Kopf, was aber wohl eher dem galt, was sich auf dem Monitor abspielte und weniger Brodersens Aussage.

Brodersen wartete noch eine Minute, dann erhob er sich, griff nach seiner Jacke und begab sich zur Tür. »Also, ich gehe jetzt«, sagte er zu Gronau.

»Wie? Was? Ach so, ja«, Gronau blickte kurz auf. »Ich glaube, ich bin gleich so weit. Geh schon mal vor ...«

Brodersen nickte und verließ Gronaus Büro.

Als er das Besprechungszimmer betrat, stellte er fest, dass der neue Kollege es sich auf Brodersens Stammplatz gemütlich gemacht hatte. Kellner scheute sich nicht, sich lässig auf den zurückgeschobenen Stuhl zu fläzen und die Füße auf dem Konferenztisch abzulegen.

Brodersen überlegte, ob er etwas sagen sollte. Ob er *Olli* klarmachen sollte, dass dies *sein* Platz war. Nie war es bislang einem seiner Kollegen in den Sinn gekommen, sich auf Brodersens Platz zu setzen. War es nun schon so weit, dass er hier nur noch eine Gastrolle spielte? Dass seine Zeit zu Ende war?

Koch hustete, halb verlegen, halb bestimmt und Brodersen verstand, dass dieses Husten ihm galt. Also setzte er sich auf den nächsten freien Platz. Seine Jacke behielt er demonstrativ an.

»So«, begann Koch, der die Sitzung offenbar moderierte (was Brodersen zwar noch mehr in der Vermutung bestätigte, hier nur noch Komparse zu sein, ihm andererseits aber auch wieder ins Gedächtnis rief, dass er ja eigentlich krankgeschrieben war), »dann wollen wir also beginnen.« Koch blickte in die Runde. Als sein Blick auf Gronaus Platz fiel, hielt er inne. »Wo steckt denn Jürgen?«

»Kommt gleich nach«, brummte Brodersen.

Koch nickte. »Also gut, dann fangen wir schon mal an.«

Während Koch sprach und ein paar andere Fälle erläuterte, mit denen die Abteilung beschäftigt war, starrte Brodersen aus dem Fenster und stellte sich die Frage, ob er jemals wieder am aktiven Dienst teilnehmen würde. Er hatte einen Menschen erschossen. Mit seiner Dienstwaffe. Und er würde wieder eine Waffe tragen müssen, wenn er zurückkäme. Wenn er wieder offiziell in den Einsatz gehen würde. Wenn es wieder um das gehen würde, wofür seine Abteilung eben zuständig war: Kapitalverbrechen. Und nicht um Vermisstenfälle. Allerdings: Vielleicht war der Fall Rudow ja doch mehr als eine Flucht. Mehr als *der schnelle Weg zum Zigarettenautomaten ohne Wiederkehr*, wie es der Kasper Münnich von der *Tagespost* genannt hatte. Vielleicht …

»Kommen wir nun zum Fall Rudow«, hörte Brodersen in diesem Augenblick Kochs Stimme. »Ich glaube, Klaus wollte was dazu sagen …«

Brodersen setzte sich gerade hin und blickte zu Kolberg von der Spurensicherung, der allerlei Papiere vor sich ausgebreitet hatte.

»Also«, hob Kolberg an, »das Blut, das wir neben Rudows Wagen gefunden haben, stammt eindeutig von ihm.«

Brodersen merkte auf.

»Es hat ein wenig gedauert«, fuhr Kolberg fort, »aber nachdem wir uns Rudows Zahnbürste und ein paar Haare aus einem seiner Kämme besorgt hatten, konnte die DNA-Analyse ein sicheres Ergebnis liefern.«

»Ein paar Haare aus einem seiner Kämme«, wiederholte Brodersen und verzog das Gesicht. Sein Ding war die Spurensicherung nicht.

Kolberg nickte. »Es ist eindeutig.«

»Dann fragt sich«, warf Koch ein, »was da vorgefallen ist.«

Brodersen zuckte mit den Schultern. »Der Wirt vom *Goldenen Kalb*, dieser Lüders, schwört Stein und Bein, dass es keinen Kampf gegeben hat zwischen ihm und Rudow.«

»Und wenn der Mann lügt?«, meldete sich Kellner zu Wort. »Ich bin dafür, ihn mit dem Ergebnis der DNA-Analyse zu konfrontieren und noch einmal zu befragen.«

Brodersen brummte vor sich hin. Klar, Kellner hatte nicht ganz unrecht. Aber sonst?

»Wolltest du etwas sagen, Werner?« Kellner hatte Brodersens Unmutstöne offenbar nicht überhört.

»Nein, nein«, versetzte der, »ich dachte nur, dass es sein könnte, dass er weiter lügt. Ich meine, wenn das unser einziges Argument ist: dass die Blutspur von Rudow stammt …«

»Der Wagen ist noch nicht wieder aufgetaucht, oder?« Kellner wandte sich an Koch.

»Nein, Fehlanzeige. Die Fahndung läuft, aber bisher ohne Erfolg.«

»Dann würde ich vorschlagen«, redete Kellner weiter, »wir warten einfach ab. Ohne Beweise oder wenigstens Anhaltspunkte können wir nicht viel tun. Warten wir ab, wie es weitergeht. Warten wir ab, was passiert.«

»Vielleicht passiert der Tod von Rudow«, murmelte Brodersen, dem es missfiel, wie Kellner die Führung der Besprechung und die Entscheidungskompetenz in diesem Ermittlungsfall an sich riss.

»Nun denn«, Kellner schlug mit seinen Handflächen auf den Besprechungstisch, »hast du einen besseren Vorschlag?«

Noch ehe Brodersen etwas entgegnen konnte, öffnete sich die Tür und Gronau betrat den Besprechungsraum. Seine Augen waren gerötet und wirkten viereckig. In der Hand hielt er einen Stapel Papier und Brodersen vermutete stark, dass es sich dabei um den ausgedruckten Inhalt der Datei *122006* handelte.

Gronau ging auf Brodersen zu und legte die Ausdrucke vor ihm auf den Tisch.

»Wie hast du das geschafft?«, fragte Brodersen flüsternd.

Gronau zwinkerte ihm zu. »Mit einem besonderen Programm. Einer sogenannten *Dekryptierungs-Software*.«

Brodersen nickte ehrfürchtig.

»Vielleicht können wir ja alle erfahren, um was es geht?« Kellner legte den Kopf schief und sah Brodersen kess an.

Der griff nach den Papieren und studierte den Inhalt. Was er las, war höchst interessant und er nahm die gebannte Stille im Raum gar nicht wahr. Schließlich blickte er auf und nickte. Dann erklärte er kurz, um was es ging und wie er in den Besitz der Datei gekommen war, die Gronau soeben erfolgreich geöffnet und deren Inhalt er ausgedruckt hatte. »Natürlich müssen wir uns den Text noch genau ansehen, aber es deutet alles darauf hin, dass wir es hier mit einer Art Tagebuch zu tun haben, in dem Rudow seine Recherchen und Gedanken zu einer aktuellen Story vermerkt hat.«

Kellner stieß sich mit seinem Stuhl vom Tisch ab, erhob sich und stierte hinüber auf das Dokument. »So etwas nennt man nicht Tagebuch, sondern *Blog* …«

Brodersen starrte in das grinsende Gesicht des neuen Kollegen. »Dann eben *Blog*«, zischte er, ohne eine Miene zu verziehen, und fügte in Gedanken die Worte *du Klugschwätzer* hinzu.

»Tut mir leid, wenn ich dich berichtigen muss, Olli«, grinste Gronau, »aber Werner hat es schon ganz richtig gesagt. Ein *Blog* ist ein Online-Tagebuch *im Internet*. Das hier«, Gronau wies auf den Papierausdruck, »nennt man tatsächlich nur Tagebuch.«

»Ob nun Tagebuch oder nicht, was ist das für eine Reportage?«, fragte Koch genervt dazwischen, der ja eigentlich die Leitung der Sitzung übernommen hatte.

»Es geht um Buntmetalldiebstähle in größerem Rahmen. Bis hin zu Schienen, Fahrleitungen der Bahn, Elektrokabeln und Zaunfeldern …«

Koch nickte. »Ja, ja, ich hab schon einiges davon gehört und gelesen. Scheint zur Zeit Mode zu sein …«

»Das Interessante ist«, fuhr Brodersen fort, »dass ziemlich zum Ende der Auflistung, genauer gesagt, am …«, er blätterte in dem Papier herum, »genauer gesagt, am 12. Dezember, die Rede von zwei Männern ist, die Rudow treffen wollte. Namen stehen zwar nicht hier, aber der Treff muss irgendwo in Pankow stattgefunden haben, denn es steht die Postleitzahl von Pankow da. Und die Bezeichnung *Feigenbaum*.«

»Das ist eine Kneipe«, mischte sich Kellner erneut ein, »die kenn ich. Befindet sich in der Nähe vom Amalienpark.«

»Dann sollten wir uns da vielleicht mal umhören«, meinte Koch und schlug vor, dass Kellner (da er die Kneipe ja kannte) gemeinsam mit Brodersen (der den Fall übernommen hatte) diese Sache überprüfen könnte.

Brodersen verdrehte die Augen. Mit diesem Menschen zusammenarbeiten war das Letzte, was er wollte. *Ich werde mich auf meine Krankschreibung berufen und ganz aus dem Fall aussteigen,* dachte er. Aber er schwieg. Stattdessen ließ er sich von Kriminalkommissar Oliver Kellner erklären, wo genau sich der *Feigenbaum* befand.

Als die Besprechung beendet war, ging Brodersen zu Koch und beschwerte sich über den neuen Kollegen, aber Koch war der Meinung, Kellner sei zwar vielleicht ein bisschen anstrengend, aber ein guter Polizist. »Ich würde mir wünschen, dass du ihn unter deine Fittiche nimmst«, sagte er zu Brodersen, »aus dem kann was werden, der Oliver hat wirklich Potenzial.«

»Nein, lass mal, vielen Dank«, Brodersen winkte ab. Dann ließ er Koch stehen und machte sich auf den Weg zum Ausgang. Als er vor dem Aufzug stand, kam Kellner über den Flur geschlittert und bremste so ab, dass er genau vor Brodersen zum Stehen kam. »Wird nix mit dem *Feigenbaum*«, sagte er. »Jedenfalls nicht mehr vor Weihnachten …«

»Bitte?«

»Weihnachtsferien«, trällerte Kellner. »Die haben Weihnachtsferien. Ich hab grad mal da angerufen, aber es lief nur der AB: geschlossen bis 26.12.«

Bloß gut, dachte Brodersen und trat in den Aufzug, der gerade gekommen war.

»Und? Was wollen wir machen?«, fragte der Neue.

»Was wir machen wollen?« Brodersen legte die Stirn in Falten. »Ist doch klar: Wir werden am 27. hingehen.«

Die Türen des Aufzugs schlossen sich und das Letzte, was Brodersen von Kellner sah, waren seine großen fragenden braunen Augen.

Als Brodersen am frühen Abend des 23. Dezember in den Keller seines Hauses ging, um einen Kasten Bier heraufzuholen, fiel ihm ein, dass er noch gar keinen Weihnachtsbaum besorgt hatte. Auch Christiane schien nicht daran gedacht zu haben. Morgen war Heiligabend und es wurde langsam Zeit, sich Gedanken darüber zu machen. Auch wenn seine Mutter nun doch nicht kommen würde, wie ihm Christiane soeben mitgeteilt hatte. Offenbar hatte es nicht mit einer Reisebetreuung geklappt. Und Brodersen selber sah sich außerstande, sie persönlich aus Kiel abzuholen. Er war trotz allem noch immer krankgeschrieben und durfte Berlin genau genommen nicht verlassen …

Aber ein Baum musste sein. Auch wenn er nur für Christiane und ihn aufgestellt werden würde.

Also schnappte Brodersen sich kurzerhand seine Jacke und machte sich auf den Weg. In der Nähe gab es mindestens drei Stellen, an denen Weihnachtsbäume verkauft wurden. Die Frage war, wie es mit den Preisen aussah. Im vergangenen Jahr hatte er die Tanne bei einem privaten Händler geholt und knapp achtzig Euro dafür hingelegt. Ein stolzer Preis für ein bisschen Grün, das man, wenn es hochkam, zwei Wochen im Zimmer stehen hatte und dann auf den Müllplatz warf. Gut, die alten Bäume wurden an die Elefanten im Zoo verfüttert, aber ein Achtzig-Euro-Baum schmeckte sicher nicht viel anders als einer für zwanzig.

Brodersen überquerte die Rennbahnstraße und betrat den Parkplatz vor dem *Kaufland*. Auf der linken Seite hatte man einen umzäunten Bereich abgeteilt, in dem *Nordmanntannen* verkauft wurden.

Viel Auswahl war nicht geblieben, so kurz vor dem Fest. Der Kommissar schlich um die Weihnachtsbäume herum, griff nach diesem, betrachtete jenen und entschied sich schließlich - eher grundlos und spontan, als dass ihm dieses Exemplar besonders gefallen hätte - für eine Ein-Meter-zwanzig-Tanne.

Der Mann, der die Bäume verkaufte, nahm dem Kommissar dafür vierzehn Euro ab, zog die Tanne in ein Netz und drückte sie Brodersen in die Hand. »Schön' Abend, frohes Fest, auf Wiedersehen …«

»Dasselbe«, murmelte Brodersen und verließ das Verkaufsgelände. Als er über den Parkplatz lief, begegnete ihm Paul Brenner, ein älterer Mann, den Brodersen recht gut kannte. Einer seiner unmittelbaren Nachbarn. Christiane und er hatten das Ehepaar Brenner schon zweimal gebeten, sich um ihre Post und die Pflanzen zu kümmern, während sie verreist waren.

»Stimmt es, dass ihr nach diesem verschwundenen Schreiberling fahndet?«, fragte Brenner nach ein paar belanglosen Sätzen. »Nach dem aus dem Wildstrubelpfad?«

Brodersen knurrte einen unverständlichen und undeutbaren Laut. Woher wusste Brenner schon davon?

»Tja«, antwortete der alte Mann, der Brodersens Gedankengang offenbar erraten hatte, »solche Sachen verbreiten sich hier wie ein Lauffeuer. Heinersdorf trägt nicht umsonst das Wort *Dorf* im Namen.«

Der Kommissar zog die Augenbrauen hoch und seufzte. »Ja, wir suchen ihn«, sagte er schließlich.

»Was hat er denn für Artikel geschrieben? Du weißt ja, Werner, hier hat es viel böses Blut gegeben mit den Medienvertretern …«

Brodersen winkte ab. »Meinst du wirklich, jemand könnte es *deshalb* auf ihn abgesehen haben? Weil er etwas zu dieser Baugeschichte geschrieben hat?«

Brenner schürzte die Lippen. »Nun, kommt ganz darauf an, *was* er geschrieben hat. Und wer sich davon vielleicht beleidigt fühlt …«

»Nein, Paul, das halte ich für ausgeschlossen. Ich habe diese Sache aufmerksam verfolgt, schließlich wohne ich ja auch hier. Es gab viele Meinungsverschiedenheiten zwischen der Bürgerinitiative und den Bauherren der geplanten Moschee, aber ich kann mir absolut nicht vorstellen, dass es zu kriminellen Handlungen kommen könnte.«

Brenner zog seine Mütze gerade. »Und was ist mit dem Attentat auf den CDU-Abgeordneten im Sommer? Hatte das nichts mit *dieser Sache* zu tun?«

Brodersen setze eine ernste Miene auf. »Man kann nie wissen, ob nicht ein paar links- oder rechtsextreme Trittbrettfahrer von solchen Streitigkeiten profitieren wollen und selbst zusätzlich Öl ins offene Feuer gießen. Aber dennoch, ich bleibe dabei: Das Verschwinden des Zeitungsmannes hat nichts damit zu tun.«

Brenner und Brodersen verabschiedeten sich und der Kommissar schleppte seinen Baum nach Hause.

Eigentlich ist es zum Verzweifeln, dachte er: Das Fest stand vor der Tür und sie waren in der Ermittlungssache Rudow noch immer nicht zu einem brauchbaren Ergebnis gekommen. Und Brodersen befürchtete, dass über die Feiertage auch nicht viel passieren würde. Die Kneipe, die vielleicht eine Spur sein könnte, war geschlossen und sonst gab es nicht viel zu tun. Man musste einfach abwarten. Abwarten und Kaffee trinken.

Am nächsten Tag, dem Heiligen Abend 2006, erwachte Brodersen erst gegen Mittag. Christiane hatte ihn schlafen lassen und in dieser Zeit - wie er nach dem Aufstehen feststellte - den Christbaum geschmückt.

Gähnend schlurfte der Kommissar ins Bad und betrachtete im Spiegel ein Bild des Entsetzens. *Weihnachten*, dachte er und wurde sich mit einem unangenehmen und peinlich-entsetzten Gefühl bewusst, dass er noch gar kein Geschenk für Christiane besorgt hatte … Die Läden hatten heute nicht geöffnet, weil nicht nur Heiligabend, sondern zugleich auch Sonntag war. Aber irgendetwas würde ihm schon einfallen. Er würde sich mit einer Ausrede kurz davonschleichen und etwas organisieren. Die Frage war nur, was …

11. Kapitel

Mittlerweile war es 16 Uhr geworden. Die Dämmerung hatte eingesetzt und die Laternen auf dem Klinikgelände waren angegangen.

Joachim Fork stand am Fenster seines Zimmers und sah hinaus. Ein jüngerer Mann schob einen silbernen Containerwagen über den Hof. Hinten auf dem Bahndamm fuhr eine S-Bahn vorbei und eine Familie mit zwei größeren Kindern betrat die Zufahrt zum Krankenhaus. Sie waren mit mehreren Tüten bepackt und die Frau trug ein Baby im Tragetuch mit sich. Fork beobachtete, wie sie sich zum Hauseingang bewegten und dabei miteinander sprachen. Als sie aus seinem Blickfeld verschwunden waren, schloss Fork für einen Moment die Augen.

Weihnachten, dachte er. Weihnachten, und er war in einer Klinik. Eigentlich, dachte er weiter, eigentlich wäre er jetzt tot und alles wäre aus und vorbei und er müsste jetzt nicht hier sein und darüber grübeln, wie es weitergehen sollte.

In eine Spezialklinik würde er ihn gern überweisen, hatte der Doktor bei der Morgenvisite gesagt. Nur so zum Durchchecken und auch nur für eine kurze Zeit. Dort wären Fachleute. Psychologen. Dort würde man sicher eine Lösung finden, wie er seine Probleme in den Griff bekommen konnte. *Seine Probleme*. Was wusste der Doktor von seinen Problemen? Und: Was wusste er selber davon?

Weihnachten, dachte er. Früher hatte er immer versucht, an Weihnachten nicht in den Dienst zu müssen. Früher hatte er versucht, diese Tage mit Birgit verbringen zu können. Oft hatte es nicht geklappt und er war im Präsidium oder an Tatorten gewesen - aber er hatte es zumindest probiert. Was konnte er schon für Forderungen stellen, ohne Kinder?

Anfangs waren Birgit und er abwechselnd zu ihren und zu seinen Eltern gefahren an den Festtagen. Irgendwann waren die alten Leute gestorben und so war auch das vorbei. Dann war Birgit eines Tages in eine Phase der *Neuorientierung* getreten, wie sie es nannte. Diese Neuorientierung bestand darin, dass sie abends und bald auch immer öfter an den Wochenenden *unterwegs* war. Mit einer Freundin, wie sie sagte. Als Fork schließlich erfuhr, dass diese Freundin mit Vornamen Wolfgang hieß und einen Vollbart trug, wusste er, dass er verloren hatte.

Er war tagelang ziellos in der Gegend umhergelaufen und dem Dienst ferngeblieben. Schließlich hatte Birgit die Scheidung eingereicht und er war in eine neue Wohnung gezogen. Spätestens seit dieser Zeit hatte er keinen Gedanken mehr an Weihnachten verschwendet. Ein *Fest der Familie* - was hatte er damit noch zu tun?

Als es an der Zimmertür klopfte, zuckte er zusammen. Er war so in sich versunken gewesen, dass er irgendwie vergessen hatte, wo er sich befand und dass jemand kommen und ihn aufsuchen könnte.

Timon Menzel, der Pfleger, betrat den Raum. Entgegen seiner Gewohnheit ließ er die Deckenbeleuchtung ausgeschaltet und stellte ein Tablett auf das Tischchen neben Forks Bett. Ein Kännchen Kaffee, zwei Stück Stollen und - eine brennende Kerze befanden sich auf dem Tablett.

»Gesegnete Weihnachten«, sagte Menzel und Fork nickte.

»Ihnen auch«, brummte er.

Der Pfleger war neben dem abgestellten Tablett stehen geblieben und machte keine Anstalten, wieder zu verschwinden.

»Gibt's noch was?«, fragte Fork.

Menzel deutete auf den Stuhl, der in der Ecke stand. »Hätten Sie etwas dagegen, wenn ich Ihnen ein bisschen Gesellschaft leiste? Ich habe gerade ein wenig Luft ...«

Fork zuckte mit den Schultern. Seinetwegen konnte der Pfleger gern hierbleiben, vielleicht brachte ihn das auf andere Gedanken. Die Frage war nur, ob eine Taktik dahintersteckte. Wollten sie ihm ein bisschen auf den Zahn fühlen? Weil sie glaubten, er könne sich vielleicht erneut etwas antun? Gerade an Weihnachten war dieses Risiko nicht zu unterschätzen. Aus seiner aktiven Zeit bei der Kripo wusste er, dass es vor allem in diesen Tagen die höchste Selbstmordrate gab. Fork machte eine einladende Bewegung. »Bitte. Wenn Sie wollen.«

Menzel zog sich den Stuhl heran und setzte sich.

Eigentlich merkwürdig, dachte Fork, *dass dieser junge Mann nichts Besseres zu tun hat, als sich bei mir niederzulassen.* Er griff nach der *Berliner Morgenpost*, die noch ungelesen auf seinem Bett lag und schob sie neben das Tablett mit dem Kuchen. Dann setzte er selbst sich aufs Bett, zog das Tischchen heran und nahm einen Schluck vom Kaffee.

Eine Weile saßen sie so da und schwiegen. Irgendwann räusperte sich Menzel. »Ich … wollte Sie noch um Entschuldigung bitten«, sagte er leise.

Fork, der gerade vom Stollen abgebissen hatte, hörte zu kauen auf. Was wollte er?

»Es war nicht nett von mir, Sie so zu behandeln. Neulich, als ich Sie so aufgeregt habe, als ich sagte, Sie täten besser daran, nicht vor Ihren Problemen davonzulaufen. Es war … unüberlegt. Was weiß ich denn von Ihren Problemen?«

Fork nickte schwach. Dann kaute er den Bissen herunter, den er noch im Mund hatte, rollte das Tischchen zur Seite und legte sich aufs Bett. »Sie hatten ja recht«, sagte er nach einer Weile. »Aber es ist alles viel schwieriger, als Sie sich das vielleicht vorstellen können. Es ist … wie ein Schatten. Seit vielen Jahren.«

Timon Menzel griff nach der *Morgenpost* und deutete auf das Titelbild. Aus Anlass des Weihnachtsfestes hatte man das Bild einer Krippe abgedruckt. Über eine halbe Seite. Darunter stand der Text der Weihnachtsgeschichte aus der Bibel. Lukas 2, die Verse 1 bis 20. »Haben Sie schon einmal daran gedacht, sich … geistlichen Beistand zu holen?«

Fork zog die Augenbrauen hoch und stieß ein verächtliches Zischen aus. »Ich glaube nicht an Gott«, sagte er. »Meine Eltern haben mich zwar getauft, aber später bin ich aus der Kirche ausgetreten. Mehr oder weniger freiwillig. Wer bei der Polizei war, durfte nichts mit der Kirche zu tun haben.«

Menzel nickte. »Sie sind aus der ehemaligen DDR, nicht wahr?«

»Ja. Eigentlich - genau genommen - bin ich hier aus Pankow. Ich habe immer hier gelebt.« Fork verstummte einen Moment, sah den Pfleger ernst an und fuhr dann mit leiserer Stimme fort. »Ich bin tatsächlich bei einem Pfarrer gewesen. *Vorher.* Weil ich dachte: Das probierst du noch, bevor du Schluss machst. Irgendwo hatte ich gehört, dass Seelsorge das Einzige sei, was wirklich helfen würde, und solch einen Quatsch ...«

»Und dann?«

»Der Mann hatte gar nicht richtig Zeit für mich. Ich dachte, ich könne ihm alles erzählen. Ich dachte, dann würde es mir vielleicht besser gehen. - Alles erzählen, verstehen Sie?«

Menzel nickte.

»Es gibt ja ein Seelsorgegeheimnis, das wusste ich. Und ich dachte, so ein Pfarrer, der hält sich sicher auch dran. Aber ich kam nicht mal dazu, ihm mein Anliegen richtig zu schildern. Er schien unter Zeitdruck zu stehen und sagte nur, eine Beichte hätte man in der evangelischen Kirche im Allgemeinen abgeschafft, und verwies mich an die Telefonseelsorge.«

Der Pfleger schüttelte leicht den Kopf. »Das ist sehr bedauerlich ...«

»Bedauerlich?« Fork richtete sich auf und kniff die Augen zusammen. »Wie meinen Sie das? Sie sind doch auch einer von denen, oder?«

»Nein, Herr Fork. Ich bin kein Pfarrer ...«

»Das meine ich nicht«, erwiderte Fork mit einem leicht verärgerten Unterton in der Stimme und wies auf den kleinen Fisch-Anstecker, den der Pfleger auch heute wieder an seinem Kittel trug, »ich meine, sie sind ein *Christ.*«

Menzel nickte. »Jawohl, das bin ich - ein Christ.«

»Na also!« Fork ließ sich auf das Kopfkissen sinken und winkte ab. »Na also!«

Für einige Augenblicke herrschte erneut Stille. Dann rückte der Pfleger mit seinem Stuhl näher an Fork heran. »Soll ich Ihnen mal *meine* Geschichte erzählen?«, fragte er.

Fork zuckte mit den Schultern. Dann griff er nach dem Kopfkissen, schob es ein wenig höher und lehnte sich dagegen.

»Also«, begann der Pfleger, der Forks Schweigen als Zustimmung nahm, »das war so ...«

12. Kapitel

Der Anruf kam kurz nach halb fünf am Nachmittag und sie hatten gerade damit begonnen, so etwas wie eine *Bescherung* zu begehen.

Brodersen war noch kurz zuvor bei ARAL gewesen und hatte für Christiane im 24-Stunden-Shop der Tankstelle eine Schachtel *Mon Chéri* und eine DVD mit einem Schnulzenfilm gekauft. Viel war das nicht, aber so stand er nicht mit leeren Händen vor dem Baum und konnte ihr zeigen, dass er Weihnachten nicht vergessen hatte.

Christiane selbst hatte drei Päckchen in verschiedenen Größen für Brodersen unter die Tanne gelegt, wofür er sich artig bedankte und versprach, sie nach dem Abendessen *in Ruhe* zu öffnen.

Als sie sich zusammen an den Couchtisch setzen und eine Flasche Rotwein öffnen wollten, hatte das Telefon geklingelt und Brodersen war rangegangen.

Nun stand er neben dem Weihnachtsbaum und lauschte in das Gerät. Es war - und das erkannte Brodersen erst nach ein paar Sätzen - Daniela Rudow. Und sie klang völlig verzweifelt. Aus dem, was der Kommissar dem schluchzenden Gemurmel am anderen Ende zu entnehmen glaubte, stand sie kurz vor einem Zusammenbruch und Brodersen versprach, sich umgehend auf den Weg zu ihr zu machen.

Christiane war alles andere als erfreut: »Das ist verrückt«, sagte sie zu ihm, »verrückt, dass du selbst am Heiligen Abend nicht zu Hause bleiben und mit deiner Frau Weihnachten feiern kannst.«

Brodersen erhob sich und holte seine Jacke aus dem Flur. »Du wusstest, dass du einen Polizisten heiratest«, entgegnete er, während er sich anzog und die Schuhe zuband.

»Ja«, gab Christiane leise zurück. »Aber ich habe auch gedacht, dass *ich* dir wichtig bin …«

Der Kommissar blieb einen Moment lang regungslos in der Tür zwischen Wohnzimmer und Flur stehen. Dann ging er auf seine Frau zu, kniete sich dort, wo sie auf der Couch saß, vor sie hin und lächelte. »Bist du mir doch auch«, sagte er und versuchte, sanft dabei zu klingen. »Sehr wichtig sogar. Aber dieser Fall ist eben *mein* Fall. Und die Frau des verschwundenen Journalisten sitzt zu Hause und ist vollkommen mit den Nerven fertig …«

»Und ich?«, fragte Christiane. »Wie geht es mir damit? Du fährst zu deiner *Patientin* und lässt mich hier allein zurück. Da geht es mir dann doch genauso, wie ihr jetzt …«

»Nein«, sagte Brodersen und erhob sich, »dir geht es ganz gewiss nicht wie ihr. Denn du hast mich in ein, zwei Stunden zurück. Sie hingegen hat keine Ahnung, wo ihr Mann steckt und ob er jemals wieder zurückkommen wird. Und ich denke«, schloss der Kommissar und stand schon im Flur, »das ist schon ein himmelweiter Unterschied …«

Daniela Rudow war in einem furchtbaren Zustand, als Brodersen das Haus im Wildstrubelpfad erreichte und sie ihm die Tür öffnete. Sie sah dermaßen verheult und deformiert aus, dass der Kommissar sich fragte, ob es nicht angemessen wäre, einen Notarzt zu alarmieren.

Eine gute halbe Stunde brauchte er, um sie einigermaßen zu beruhigen.

Sie setzten sich ins Wohnzimmer und Brodersen hörte ihrer Verzweiflung zu. Im Grunde wiederholte sie sich ständig und redete nur davon, dass sie verrückt werden würde und dass es das schrecklichste Weihnachtsfest sei, das sie jemals erlebt habe.

Irgendwann, als sie sich wieder einigermaßen beruhigt hatte, fragte Brodersen, wo sich die Küche befand und ob er einen Tee kochen solle.

Frau Rudow nickte dankbar und erklärte Brodersen, was er wissen musste.

Zehn Minuten später kehrte er mit zwei Tassen kochend heißem Pfefferminztee zurück. Er stellte sie auf den Couchtisch und ließ sich wieder auf dem Sessel nieder, auf dem er schon zuvor gesessen hatte.

Eine Zeit lang schwiegen sie und Brodersen sinnierte über die Frage, weshalb Frau Rudow so sehr emotional reagierte, wo ihre Ehe doch nach eigenem Bekunden nicht die rosigste war. Er zögerte einen Moment und überlegte, ob er Derartiges fragen dürfe, aber ihm fiel nichts ein, was dagegen gesprochen hätte.

»Nun«, antwortete die Frau, zog ihre Beine auf die Couch und griff nach der Teetasse, die sie mit ihren schmalen Fingern umklammerte, » … ich weiß es auch nicht so genau. Vielleicht stimmt ja, was man sagt: dass man erst dann merkt, was einem jemand bedeutet, wenn man ihn verloren hat …«

Brodersen hob die Augenbrauen. »Na, na«, sagte er und versuchte entspannt zu klingen, »*verloren* – das ist doch überhaupt nicht klar. Und außerdem …«

»Ja?«

»Und außerdem sollten Sie nicht mit dem Schlimmsten rechnen, sondern zuversichtlich bleiben. Die Zuversicht muss immer größer sein als die Sorge …«

Was rede ich nur für einen Blödsinn, dachte Brodersen. *Das glaube ich doch selber nicht!*

Bei Frau Rudow schien Brodersens philosophische Entgleisung allerdings ein wenig Wirkung zu zeigen, denn sie nickte lange und ausdauernd und schien sich mehr und mehr zu beruhigen.

Brodersen blickte sich im Wohnzimmer um. In einem der Glasteile der Schrankwand stand das Modell eines Segelbootes und dem Kommissar fiel wieder ein, dass Frau Rudow bei ihrem ersten Gespräch von einem solchen Boot gesprochen hatte. Dass sie und ihr Mann eines besaßen. Und dass es am Tegeler Hafen lag und winterfest gemacht war. Hatte er zumindest gedacht.

»Sagen Sie, Frau Rudow«, Brodersen rieb sich übers Kinn, »Sie erwähnten bei unserem letzten Gespräch, dass Sie ein Segelboot besitzen …«

»Ja?!«

»Was ist das eigentlich für ein Boot?«

»Nun ja«, Daniela Rudow nahm einen Schluck aus ihrer Teetasse, »es ist ein sehr schönes Boot. Aus massivem Mahagoni und Eiche gebaut. Fünf Meter lang und eins sechzig breit. Hat ein Großsegel, ein Vorsegel und …«

»Schon gut«, unterbrach Brodersen und erhob schmunzelnd seine Hände, »ich will das Boot ja nicht kaufen. Es geht mir eigentlich nur um eine Frage: Wie verhält es sich jetzt im Winter damit? Könnte es sein, dass Ihr Mann ...«

»Nein, nein«, Daniela Rudow schüttelte entschieden den Kopf, »auf dem Boot kann er nicht sein. Dafür ist es nicht gemacht, dass man darauf wohnen oder übernachten könnte. Es ist ja nur eine Jolle und keine Jacht ...«

Brodersen nickte. Obwohl es sicher stimmen mochte, was Frau Rudow über das Boot gesagt hatte, würde er die Sache trotzdem vor Ort überprüfen. Vielleicht fanden sich auf der Jolle Hinweise oder Spuren. Eigentlich hätte er längst daran denken und nachsehen müssen ...

Eine Weile schwiegen sie und Brodersen merkte, wie ihm die Augen schwer wurden und zuzufallen drohten. Daniela Rudow ging es genauso. Sie lag schließlich auf der Couch und schlief. Der Kommissar blickte zur Uhr. Kurz vor neun. Christiane würde außer sich sein, weil er noch immer nicht zurückgekommen war. Einen Augenblick wartete er noch. Dann erhob er sich, trat zu Frau Rudow und zog ihr die Decke über die Schultern. Er löschte das Licht bis auf eine kleine Stehlampe.

Als er in den Flur trat, kam ihm der Hund entgegen. *Dargo*. Brodersen zögerte einen Augenblick. Dann streckte er seine Hand nach dem Tier aus und streichelte ihm über die Flanke. Bei dieser Bewegung, als er sich hinabbückte, fiel Brodersens Kugelschreiber aus seiner Jackentasche und zu Boden. Also griff er danach, um ihn aufzuheben. Der Stift war unter die Flurkommode gefallen und so musste er lange Finger machen, um ihn darunter hervorzuholen, wobei ihm der Hund argwöhnisch zusah.

Als Brodersen seinen Kugelschreiber ertastet hatte und hervorzog, merkte er, dass noch etwas anderes darunterlag. Es fühlte sich an wie ein Umschlag. Vorsichtig zog es der Kommissar hervor. Es war tatsächlich ein Umschlag. Ein dunkelbrauner Umschlag ohne Aufschrift.

Brodersen wandte seinen Blick zurück ins Wohnzimmer, in dem Frau Rudow lag und noch immer schlief. Was war das für ein Umschlag? Durfte und sollte er ihn öffnen? Der Kommissar drehte ihn in seinen Händen. Der Verschluss war nicht verklebt, sondern nur in die Hülle geschoben.

Der Hund knurrte.

Ich sollte es lassen, dachte er, *es geht mich nichts an. Vielleicht ist es ein Testament …* Dann zog er die Lasche heraus, öffnete den Umschlag und schaute hinein. Ein Blatt lag darin. Er griff danach, entfaltete es und las den Text, der darauf stand. Es war eine eindeutige Nachricht und Brodersen merkte, wie eine Hitzewallung in ihm aufstieg, die ganz sicher nicht von dem heißen Tee herrührte, den sie getrunken hatten: Wenn es so war, wie er vermutete, war Volker Rudow in größter Gefahr. Oder vielleicht sogar schon tot.

13. Kapitel

Fork lag in dieser Nacht lange im Bett und konnte nicht einschlafen. Und das trotz der Beruhigungs- und Schlafmittel, die er erhalten hatte. Er hatte sich zum Fenster gedreht, sah in den Nachthimmel hinaus und dachte über das nach, was Timon Menzel, der Pfleger, ihm erzählt hatte:

Der junge Mann stammte aus schwierigen Verhältnissen, war im Wedding bei einer Mutter aufgewachsen, die mehr Zeit dem Alkohol widmete als ihrem Sohn. Schon früh war er sich selbst überlassen und streunte mit anderen Kindern durch die Straßen. Bald begann er selbst zu trinken und Diebstähle zu begehen. Eines Tages wird er geschnappt und für einige Zeit in ein Erziehungsheim gesteckt. Hier fasst der Jugendliche den Entschluss, künftig ein ehrlicher Mensch zu werden. Das aber misslingt. Als er mit achtzehn in die Selbstständigkeit entlassen wird, gehört er längst wieder einer Bande an, die Diebstähle und Raubüberfälle begeht. Bei einem der Überfälle töten zwei seiner Freunde einen Menschen. Die Freunde werden verhaftet, Timon kann entkommen und taucht eine Zeit lang unter. Schließlich stellt er sich und landet, weil er noch unter das Jugendstrafrecht fällt, in einer Einrichtung der Jugendhilfe. Hier nimmt er sich wieder ernsthaft vor, sein Leben zu ändern. Doch es ist zu spät, längst ist er dem Alkohol verfallen. Kurz nach seiner Entlassung steckt er wieder in demselben Schlamassel: Vormittags geht er der Arbeit nach, die ihm die Wiedereingliederungshilfe besorgt hat, abends seinen *Geschäften.* Um seine Alkoholsucht finanzieren zu können, bestiehlt er nun sogar seine Arbeitskollegen und verachtet sich gleichzeitig selbst dafür. »Ich ekelte mich vor mir selber«, hatte Timon erzählt. Er wollte es nicht mehr, dieses Leben, wollte nicht so sein, wie er war. Und konnte doch nicht anders. In dieser Hinsicht ging es ihm wie Fork. »Wie kann irgendjemand mich jetzt noch lieben, wenn ich es noch nicht einmal selbst mit mir aushalte?«, hatte Timon Menzel sich gefragt und mit dem ernsthaften Entschluss gespielt, sich das Leben zu nehmen. Als er auf der Brücke steht und in den Abgrund hinuntersieht, kommt ihm ein sonderbarer Gedanke. »Ich dachte: Jetzt stehst du an der tiefsten Stelle deines Lebens. Tiefer kann ein Mensch nicht fallen. Außer ich springe jetzt hier herunter ...« Da fällt ihm ein Spruch ein, den er von einer der Erzieherinnen im Erziehungsheim mit auf den Weg in die Volljährigkeit bekommen hatte: *Rufe mich an in der Not und ich will dich retten.* Ein Bibelspruch.

Er zögert. Er umklammert den Stahlpfeiler, gegen den er sich gelehnt hat, auf der Brücke. *Okay,* denkt er. *Die letzte Chance.* Und er beginnt, ein Gebet zu versuchen: *Gott, wenn es dich wirklich gibt, dann hilf mir! Gib mir ein Zeichen, dass es weitergeht ...*

»In diesem Moment«, hatte der Pfleger erzählt, »in diesem Moment ging in der Ferne über den Hausdächern die Sonne auf. Ich war überwältigt und konnte nur noch heulen. Ich stieg vom Brückengeländer hinunter und weinte und weinte und wusste: Es geht weiter! Mein Leben geht weiter.«

»Und dann?«, hatte Fork gefragt. »Was dann?«

»Dann habe ich eine Entziehungskur gemacht. Eine richtige. Und ich habe versucht herauszufinden, was es auf sich hat mit diesem Gott, der da war, als ich ihn anrief ...«

»Und was haben Sie dabei herausgefunden?«

»Ich habe herausgefunden, dass die Bibel wahr ist. Dass Gott existiert und dass er uns ... liebt. Auch mich! Das fand ich total erstaunlich! Mich, den totalen Versager, den Kriminellen, den Heuchler und Lügner ... Ich verstand es auf einmal! Ich verstand, dass die Bibel kein altes Buch ist, längst überholt und voller Märchen und Sagen, sondern dass sie unser Leben schildert. Unser Leben hier und heute. Ohne es zu schönen oder irgendwelche Heldengeschichten zu erzählen. Sie enthält alles, was zu einem guten und erfüllten Leben notwendig ist. Und sie erhält die wichtigste Botschaft, die man sich vorstellen kann.«

Fork hatte längst aufrecht im Bett gesessen und verwundert und gefangen zugleich den Kopf geschüttelt. »Und welche ... Botschaft soll das sein?«

»Gott hat seinen Sohn Jesus Christus auf die Welt geschickt, damit er am Kreuz stellvertretend für mich die Schuld übernimmt und bezahlt. Es war nicht irgendeine Schuld, es war meine Schuld! Meine Schuld, meine Verfehlungen, meine Taten und Unterlassungen, die er auf sich nahm. Es war meine Strafe, für die er gebüßt hat. Er ist für mich gestorben – damit ich gerettet werde!«

Nachdem Menzel geendet hatte und offenbar nichts hinzufügen wollte, hatte Fork sich über seine Augen gerieben und dann den Kopf geschüttelt. »Das ist ja eine sehr bewegende und ergreifende Geschichte, aber ... ich weiß nicht recht. Mit Gott hatte ich bisher wenig zu tun. Ich ... kann das alles nicht so ganz ... verstehen.«

»Da geht es Ihnen genauso, wie es mir ergangen war. Ich konnte das auch nicht verstehen. Aber ich wusste, dass da etwas war. Und dass ich es herausfinden musste.«

»Und Sie haben es herausgefunden ...«

Menzel hatte genickt und erzählt, dass er auf eine Gruppe engagierter Christen gestoßen war, die ihm geholfen hätten. Sie hätten ihm geraten, Jesus im Gebet darum zu bitten, in sein Leben zu kommen und ihn zu führen. Jesus sollte der Chef sein.

»Es funktionierte«, sagte Timon. »Seither hat sich mein Leben von Grund auf geändert. Heute habe ich eine liebe Frau, zwei Töchter, habe mein Abi nachgemacht und studiere Medizin ...«

»Unglaublich«, hatte Fork gesagt und sich zurück auf das Kopfkissen sinken lassen. In der Zwischenzeit war es schon achtzehn Uhr geworden und der Pfleger musste sich um die Verteilung des Abendessens auf der Station kümmern.

Das alles ging Fork noch einmal durch den Kopf, als er in der Nacht in seinem Krankenbett lag und aus dem Fenster starrte. *Wer mich von ganzem Herzen sucht, von dem will ich mich finden lassen.* Diese Zusage habe Gott den Menschen gegeben, hatte Timon Menzel noch gesagt, bevor er verschwunden war.

Ob das wirklich stimmte? Konnte man Gott finden? Und konnte Gott ihm, Joachim Fork, auch helfen, mit den quälenden Schatten der Vergangenheit fertig zu werden?

Fork wusste es nicht, aber er wusste, dass er etwas in sich spürte: etwas, das man wohl *Hoffnung* nannte.

14. Kapitel

Den ersten Weihnachtsfeiertag verbrachte Brodersen mit dem Versuch, die Gunst und Zuneigung seiner Frau zurückzugewinnen. Christiane war dermaßen verärgert über seine stundenlange Abwesenheit am Heiligen Abend gewesen, dass sie kein Wort mehr mit ihm gesprochen hatte.

Der Gänsebraten, der von ihr - sicher mit Freude und Herzblut - vorbereitet worden war, stand am nächsten Morgen noch immer unangetastet auf dem Esstisch. Daneben die Sauciere mit der kalten Soße, auf der eine dicke Schicht kaltes Fett schwamm. Und ferner - allerdings geleert - die beiden Weingläser.

Der Kommissar hatte lange Zeit und viele liebe Worte gebraucht, bis Christiane wieder bereit gewesen war, mit ihm zu sprechen. Und ihm zuzuhören. Wirklich zuzuhören. Er versuchte ihr zu erklären, was sich im Hause Rudow abgespielt hatte und in welcher Verfassung die Frau des verschwundenen Journalisten gewesen war. Und schließlich konnte er auch von seinem Fund berichten. Von dem Umschlag, auf den er gestoßen war und dessen Inhalt ihn nicht nur in helle Aufregung versetzt, sondern auch dazu veranlasst hatte, Koch und Kolberg in ihrer trauten Weihnachtsstimmung zu stören. Es war ein Drohbrief. Ein unmissverständlicher Drohbrief:

Lass die Finger davon oder du bist dran! Wer uns stört, stirbt!

Der Text war auf ganz klassische Weise aus Zeitungsbuchstaben zusammengesetzt und Brodersen hatte keinen Zweifel daran, dass sowohl der Brief als auch die Drohung echt waren.

Also hatte er zunächst Koch angerufen und sich mit ihm beratschlagt. Die neue Situation schien zumindest darauf hinzudeuten, dass es sich nicht um eine Flucht oder einen Ausstieg aus dem Alltag handelte, mit dem sie es zu tun hatten, sondern tatsächlich um eine Straftat. Das machte die Sache natürlich dringlicher. Koch war nicht vergnügt gewesen, als Brodersen von seiner Entdeckung berichtet hatte. Allerdings war auch ihm nicht recht klar, wie sie jetzt vorgehen und was sie an ihrer Ermittlungsstrategie ändern sollten. Es gab so gut wie keine Anknüpfungspunkte, die auf einen konkreten Täter hinwiesen. Abgesehen von der Sache mit dem Treff im *Feigenbaum* zwar, aber auch da waren keine Namen bekannt, nur ein Ort und eine Zeit.

»Wir könnten allenfalls versuchen, den Inhaber der Kneipe ausfindig zu machen und zu besuchen«, hatte Koch vorgeschlagen und Brodersen hatte ihm zugestimmt. Viel war es nicht und ob es nützlich sein würde, blieb dahingestellt, aber es war allemal besser, als gar nichts zu tun.

Dann hatte der Kommissar bei Kolberg angerufen und auch ihm von dem Fund berichtet. Klaus Kolberg hatte geschimpft und gewettert, war aber schließlich doch höchstpersönlich gekommen, um den Drohbrief abzuholen und ins Labor zu schaffen. Und nebenher war Brodersen abermals damit beschäftigt gewesen, sich um Daniela Rudow zu kümmern, die irgendwann erwacht und aufgestanden war. Der Kommissar hatte ihr behutsam von dem Brief erzählt und sie gefragt, ob sie davon gewusst habe, was sie allerdings verneinte. Alles in allem hatte sie die Wendung (oder Verschärfung des Falls, wenn man es so nennen wollte) erstaunlich gelassen und, angesichts dessen, wie sie sich noch vor ein paar Stunden gezeigt hatte, ruhig und gefasst aufgenommen.

Schließlich war alles getan, was zu diesem Zeitpunkt getan werden konnte, und Brodersen war während des Geläuts der Heinersdorfer Kirchenglocken zum Christnachtgottesdienst nach Hause gelaufen, wo er kurz nach dreiundzwanzig Uhr eingetroffen war.

Der Heilige Abend war so gut wie gelaufen und Christiane bereits im Bett gewesen.

Also hatte Brodersen sich mit einer Flasche Schwarzbier vor den (unbeleuchteten) Weihnachtsbaum gesetzt und versucht, an gar nichts zu denken.

Irgendwann war er eingeschlafen.

»Ich verstehe ja, dass deine Arbeit wichtig ist«, entgegnete Christiane schließlich, als er mit seinem Bericht zu Ende gekommen war, »aber ich hoffe, *ich* bin dir auch wichtig ...«

Brodersen nickte. »Bist du! Natürlich! Sehr sogar.«

Sie warf ihm einen Blick zu, der wie eine Mischung aus Mitleid und leichter Verächtlichkeit schien. »Na, dann bin ich ja beruhigt«, sagte sie und wuschelte Brodersen über seine Haare.

Es war nicht Koch, sondern Kellner, der Brodersen am Nachmittag des 25. Dezember anrief und ihm mitteilte, dass man den Namen und die Adresse des Wirtes der Kneipe *Feigenbaum* ausfindig gemacht hatte. Mit einem süßsauren Blick zu Christiane stimmte Brodersen zögernd zu, den Mann gemeinsam mit Kellner aufzusuchen. Wenn es wirklich so war, wie es sich im Augenblick darstellte, dann war Rudow - sofern er noch am Leben war - tatsächlich in großer Gefahr.

Kurz vor sechzehn Uhr lärmte Kellners uralter Opel Kadett vor Brodersens Haus und der Kommissar verzog das Gesicht. Seine Frau hatte er darauf vorbereitet, auch am ersten Weihnachtstag noch einmal in dienstlichen Dingen verschwinden zu müssen, und sie hatte es abwinkend zur Kenntnis genommen. Nachdem Kellner aufgetaucht war, zog Brodersen hinter sich die Tür ins Schloss und stieg zu dem Kollegen in dessen Rostlaube.

»Schönes Auto«, sagte Brodersen und griff nach dem speckigen Sicherheitsgurt, der sich nur mit Schwierigkeiten abrollen ließ.

»Mein *Leo*«, grinste Kellner und wendete geübt. »Zwar nicht mehr der Jüngste, aber dafür bezahlt!«

Brodersen verzog das Gesicht. Als er es endlich geschafft hatte, sich korrekt anzuschnallen, waren sie bereits auf der Rothenbachstraße.

»Wie heißt der Mann eigentlich, dieser Wirt?«

»Gordelin Bultmann«

»Wie?«

Kellner rollte mit den Augen. »Nachname: Bultmann. Vorname: Gordelin. Alles klar?«

Brodersen schüttelte den Kopf. »Gordelin? Was ist das? Ein Name? Ein Zustand? Es klingt wie Wendelin. *Wum und Wendelin*. Der Hund und der Elefant vom *Großen Preis* …«

»He, Werner, komm wieder runter. Der arme Kerl heißt eben so. Hat er sich ja nicht selber ausgesucht, denk ich mal.«

»Na ja, dem Standesbeamten, der das zugelassen hat, müsste man im Nachhinein noch eins auf die Mütze geben.«

Kellner grinste und Brodersen merkte, wie blödsinnig seine Äußerung im Grunde war. Die Rolle des Clowns kam doch eher Kellner zu, nicht ihm.

Zehn Minuten später trafen sie bei der Adresse von Bultmann ein. Der Mann wohnte in einem nach außen hin ungepflegten und baufälligen Mehrfamilienhaus in der Berliner Straße.

»Mein lieber Schwan«, meinte Kellner, als sie ausgestiegen waren und vor der Ruine standen, »dass hier Menschen leben …«

Brodersen ging nicht darauf ein. Er trat zu dem verwitterten Klingelbrett und suchte nach dem Namen Bultmann. Der Mann wohnte im Erdgeschoss.

»Die Tür ist offen«, rief Kellner, »lass uns einfach reingehen.«

Also betraten sie das Haus und begaben sich zur Wohnung von Gordelin Bultmann. Sie klingelten direkt an der Wohnung und es dauerte nur einen kurzen Augenblick, bis ihnen geöffnet wurde.

»Herr Bultmann?« Kellner trat einen Schritt vor, nachdem die Tür einen Spalt weit aufgegangen war.

»Wer will das wissen?«

»Mein Name ist Kellner«, sagte Kellner und hielt seinen Dienstausweis an den Türspalt. »Kriminalpolizei«, fügte er laut hinzu.

Im Nu öffnete sich die Tür vollständig und der Mann, der vor ihnen stand, trat einen Schritt zur Seite. »Bitte«, sagte er, »treten Sie ein.«

In der Wohnung stank es erbärmlich und Brodersen spürte, wie sich seine Nackenhaare aufstellten. Er fragte sich, woher der Gestank rührte und warum er so intensiv war. Beherbergte der Mann irgendwelche Tiere oder ging der Geruch von ihm selbst aus?

Bultmann war eine armselige Erscheinung: hager, blass und klein von Wuchs. Ganz und gar das Gegenteil davon, wie man sich einen Kneipier so vorstellte. »Was … kann ich für Sie tun?«, fragte er unsicher und blickte sie mit unruhigen Augen an.

»Nun«, begann Kellner, »was denken Sie denn, warum wir hier sind?«

Au wei, dachte Brodersen, *das ist die gemeinste aller Fragen*. Er selbst benutzte sie eigentlich nur noch selten, aber damals, als Brodersen noch bei der Verkehrspolizei war, gehörte eine so gestellte Frage zum Standardrepertoire: *Na, was haben wir denn falsch gemacht?* Den Betroffenen fiel in diesem Augenblick ganz sicher ihr gesamtes Vergehensregister ein und man konnte beobachten, wie sie krampfhaft versuchten, die am wenigsten schlimme Tat herauszusuchen und zu benennen.

So schien es auch hier: Bultmanns flinke Augen wanderten zwischen Brodersen und Kellner hin und her und man meinte förmlich das Rattern seiner Festplatte zu hören. »Wegen Gisela?«

Kellner verschränkte die Arme vor der Brust. »Wer ist denn Gisela?«

»Gisela«, entgegnete Bultmann zögernd, »ist meine Exfrau. Ich dachte, Sie würden wegen der ausstehenden Unterhaltszahlungen kommen …«

Brodersens neuer Kollege schüttelte streng den Kopf. »Keineswegs, Herr Bultmann, keineswegs. Oder meinen Sie, wir würden uns wegen so einer *Lappalie* unseren ersten Weihnachtstag versauen?«

»Ähhm … nein … da haben Sie sicher recht …« Bultmanns Unsicherheit nahm immer mehr zu und Brodersen fürchtete, dass sie bald gar nichts mehr aus dem Mann herausbekommen würden, wenn sie nicht langsam zum Punkt kämen.

»Wir sind wegen eines Gastes hier, der in letzter Zeit in Ihrer Kneipe gewesen sein soll.« Brodersen zog ein Foto von Rudow aus seiner Jackentasche. Frau Rudow hatte es ihm gegeben und es war erst vor wenigen Wochen aufgenommen worden.

»Ein Gast vom *Feigenbaum?*«

Brodersen nickte. »Kennen Sie den Mann?«

Bultmann hob seine Hände. »Einen Moment, bitte! Ich muss erst meine Brille holen. Ohne bin ich so blind wie ein Maulwurf.«

Die Beamten grinsten und Brodersen war nicht verborgen geblieben, wie sich Bultmann entspannt hatte, als ihm klar wurde, dass die Polizei *nur* nach einem seiner Gäste fragte.

»So«, sagte der Mann, als er zurückkam und sich die Brille aufgesetzt hatte, »dann zeigen Sie mal her …«

Brodersen gab ihm das Foto, woraufhin Bultmann etwas Unverständliches brummte.

»Und?«

»Mja, der ist da gewesen. Ich würde sagen …«, der Kneipier setzte seine Brille ab und rieb sich über die geschlossenen Augen, »das war vorletzten Dienstag. Ja, ich bin mir sicher: Es war vorletzten Dienstag gegen Nachmittag.« Bultmann gab Brodersen das Foto zurück. »Kurz nachdem wir aufgemacht haben.«

»Und woher wissen Sie das so genau?«

»Weil der Mann nicht alleine da war.«

»Ja, und?«

»Er kam mit einem anderen Mann. Mit einem, der immer dienstags kommt. Nur dienstags.«

Kellner nickte. »Und wer ist dieser andere Mann? Und warum kommt er nur dienstags?«

»Jockel«, sprudelte es aus Bultmann heraus, »Jockel heißt er. Aber ich weiß nicht, ob das sein richtiger Name ist oder nur ein Spitzname …«

»Und der kommt immer dienstags?«, fragte Brodersen.

Bultmann bestätigte es. »Jockel kommt seit Jahren. Immer dienstags.«

»Und warum?«

Der Kneipenwirt zuckte mit den Schultern. »Ich glaube, weil er dienstags seine Mutter besucht. Irgend so was hat er mal erwähnt. Dass sie gleich um die Ecke wohnt oder so …«

Brodersen zog sein Notizbuch hervor und fuhr die Mine seines Kugelschreibers aus. »Erzählen Sie uns ein bisschen über diesen Jockel. Was wissen Sie noch über ihn?«

Bultmann erzählte, was er wusste. Viel war es nicht: Jockel war Mitte fünfzig, bekam *Hartz IV* und wohnte wohl irgendwo in Weißensee. Trarbacher Straße, glaubte er. Er hatte einen erwachsenen Sohn, zu dem aber offenbar keinerlei Kontakt mehr bestand. Und er kam manchmal mit einem Kumpel, dessen Namen Bultmann mit *Schorsch* angab. Mehr wusste er nicht zu berichten.

»Kommen wir zu dem besagten Dienstagnachmittag«, sagte Brodersen schließlich, »was wissen Sie davon noch?«

»Ich erinnere mich noch gut an diesen Nachmittag. Jockel und dieser Mann auf dem Foto sprachen über die Schrottpreise und darüber, wie viel Geld man damit machen konnte.«

»Das wissen Sie noch so genau?«

Bultmann nickte. »Ja. Ich weiß es deshalb noch so genau, weil ich selbst früher mal Schrott gesammelt und verkauft habe.«

Brodersen ließ seinen Blick durch das Zimmer streifen. Er zweifelte nicht im Geringsten an Bultmanns Worten. Vor allem das Sammeln schien der Mann auch heute noch zu betreiben.

»Können Sie sich an Einzelheiten erinnern?«

Bultmann legte einen Finger an seine rechte Wange und sah aus, als würde er nachdenken.

»Eigentlich nur an einen Satz«, sagte er schließlich.

»Und der wäre?«

»Das ist wirklich mehr als eine Story …«

»Das ist wirklich mehr als eine Story?«

Bultmann nickte.

»Und wer hat diesen Satz gesagt?«

»Der Mann auf dem Foto.«

Brodersen und Kellner wechselten einen schnellen Blick. »Was weiter?«

Bultmann kratzte sich am Kopf. »Viel mehr weiß ich auch nicht.

Nur dass der Mann noch davon sprach, dass er sein Segelboot verkauft hätte.«

Brodersen merkte auf. »Er hat sein Boot verkauft?«

Bultmann zuckte mit den Schultern. »Zumindest hat er es gesagt …«

»Und hat er auch gesagt, an wen?«

»Er sagte, an einen Kollegen. An von Oerzen, den Sportreporter …«

Die Kriminalbeamten wechselten einen raschen Blick.

»Er meinte, er würde es nicht mehr brauchen. Und dass es ihm sowieso nur Arbeit machen würde. Die Sommer wären auch nicht mehr das, was sie mal waren …«

»Sie kennen von Oerzen?«, fragte Brodersen ungläubig.

Bultmann lachte. »Wer kennt *den* denn nicht? Er ist doch *der Sportreporter* schlechthin.«

Brodersen sah zu Kellner hinüber, der zustimmend nickte.

»Aber mehr weiß ich wirklich nicht. Ich habe den Mann auch bisher nicht wieder gesehen.«

»Also gut«, sagte Brodersen schließlich. »Dann lassen wir es vorerst dabei bewenden. Es kann sein, dass wir Sie noch einmal aufsuchen oder ins Präsidium bestellen müssen, wenn sich weitere Fragen ergeben sollten.«

»Auch in den anderen Angelegenheiten«, fügte Kellner spitzbübisch grinsend hinzu. »Sie wissen schon …«

Bultmanns Gesicht verzog sich zu einer Grimasse, als habe er in eine Zitrone gebissen.

Als sie seine Wohnung verließen, war es drei Minuten nach halb sechs.

»Meine Klamotten stinken«, meinte Kellner, als sie in den Kadett stiegen. »Ganz schön heftiger Mief bei dem …«

Brodersen brummte seine Zustimmung. Dann zog er sein Mobiltelefon hervor, rief die Zentrale an und gab den mutmaßlichen Namen *Jockel* durch und die Straße, die Bultmann dazu genannt hatte. Am anderen Ende hörte man das Geklapper einer Computertastatur.

»Der Name scheint zu stimmen«, kam es nach wenigen Sekunden aus dem Telefon. »Friedrich Jockel, geboren am 16. September 1952 in Ferdinandshof, Kreis Torgelow. Wohnhaft in der Trarbacher Straße 26 in Berlin-Weißensee.«

»Irgendwelche Verfahren bei uns?«

»Einen Moment ... Ja! Eine ganze Sammlung von Verfahren.« Der Diensthabende las vor, was in der Liste stand, und Brodersen lauschte ihm. Als er zum Schluss gekommen war, dankte ihm der Kommissar und beendete das Gespräch.

»Und?«, fragte Kellner neugierig.

»Er scheint tatsächlich Jockel zu heißen. Mit Familiennamen. Sein Verfahrensregister klingt wie ein Lehrplan für Gelegenheitskriminelle. Da fehlt kaum ein Delikt, das nicht in diesen Bereich gehört. Gesessen hat er auch schon. Zwei Mal.«

Kellner nickte. »Ich denke, wir sollten diesem Jockel einen Besuch abstatten, was meinst du?«

Brodersen dachte an Christiane und daran, dass noch immer der erste Weihnachtstag war. »Ja«, sagte er schließlich seufzend, »das sollten wir wohl.«

Eine gute Viertelstunde später waren sie bei der angegebenen Adresse. Da Gewalttätigkeiten in Jockels Verfehlungsliste nicht aufgetaucht waren, verzichteten Brodersen und Kellner zunächst darauf, Verstärkung anzufordern. Kellner fand einen Parkplatz direkt vor dem Haus Trarbacher Straße 26 und sie stiegen aus. Die Haustür stand offen und Jockels Wohnung lag in der zweiten Etage. Sie klingelten und klopften mehrmals, aber es reagierte niemand darauf.

»Scheint wirklich nicht da zu sein«, brummte Brodersen. »Was machen wir jetzt?«

»*Schickt der Bauer den Jockel aus* ...«, spottete Kellner. »Was wir machen? Na ja, wenn es sich wirklich so darstellt, dass dieser Mann hier, dieser Jockel, zusammen mit Rudow gesehen worden ist und dass es im Bereich des Möglichen liegt, dass der Drohbrief von ihm stammt – könnte man dann nicht vermuten, dass der Journalist, sofern er noch lebt, vielleicht hier drin, in diesem Haus, festgehalten wird?«

Brodersen nickte. Ganz so abwegig waren Kellners Gedanken nicht. »Aber wie kommen wir hier rein? Die Tür scheint ziemlich stabil zu sein …« Der Kommissar rüttelte am Knauf und schlug mit seiner Faust gegen das Holz.

»Da fällt mir eine tolle Geschichte ein«, grinste Kellner. »Einer meiner spektakulärsten Einsätze.«

Brodersen sah zu seinem neuen Kollegen hinüber und fragte sich, was jetzt wohl käme.

»Wir waren gerade bei *McDonald's* als der Funkspruch kam: Hilflose Person in Kleiderbox …«

»So ein Blödsinn«, murmelte Brodersen.

»… wir also hin. Und was soll ich dir sagen: Hängt da einer in der Klappe zu einem Altkleidercontainer und kommt nicht mehr rein noch raus. Du kennst vielleicht die Mechanik: Man zieht den Hebel herunter, legt den Sack mit den Klamotten rein, drückt den Hebel wieder hoch und *schrompp!* – liegen deine alten Klamotten in der Box und keiner kommt mehr ran. Der Typ hatte bemerkt, dass seine Brieftasche noch in dem Jackett steckte, das er reingeworfen hatte, und wollte sie nun wiederhaben. Also ist er hochgeklettert und hat versucht reinzukommen. Dabei ist er dann stecken geblieben …«

»Und?«, fragte Brodersen genervt. Er glaubte Kellner kein Wort.

»Nun ja, wir mussten das Technische Hilfswerk kommen lassen, um ihn rauszuschneiden.«

»Aha. Und nun meinst du, wir sollten hier auch das THW …«

»N-e-i-n«, entgegnete Kellner gedehnt, »aber ich habe von den Jungs was gelernt.«

»Was denn?«

»Wie man Türen öffnet.« Kellner zog ein Taschenmesser hervor und klappte ein Werkzeug aus, das aussah wie ein Zahnarzthaken.

»Ich denke, die haben den Mann aus der Kleiderbox herausgeschnitten …?«

»Ja, ja«, grinste Kellner, »das schon. Aber bei diesem Einsatz bin ich mit einem von den THW-Leuten ins Gespräch gekommen. Und der hat mir erzählt und gezeigt, wie man Schlösser knackt.«

»So, so …«

»Es ist in den allermeisten Fällen gar kein Problem«, fuhr Kellner fort und schob den Haken in den Schließzylinder von Bultmanns Wohnungstür. »Sofern man das richtige Werkzeug hat natürlich …«

»Und das hast du …«

Kellner nickte. »Der Typ vom THW hat mir ein sogenanntes *Pickset* besorgt. So nennt man dieses Ding.« Kellner zog das Gerät aus dem Schloss und klappte weitere Spitzen aus. »*Spanner*, *Hook*, *Schlange*, *Halbdiamant*, *Extraktor* und *Tropfendiamant* – so nennt man die einzelnen Werkzeuge.«

Brodersen nickte und sah zu, wie Kellner eines der hakenförmigen Instrumente in das Schloss steckte und damit herumrüttelte.

Keine zehn Sekunden später war die Tür offen.

»Voilà«, sagte Kellner, trat einen Schritt zur Seite und machte eine weit ausholende Geste. »Treten Sie ein, Monsieur le commissaire …«

Brodersen griff instinktiv an die Stelle, an der sich normalerweise seine Dienstwaffe befand, aber die Pistole war nicht da.

»Du bist offiziell nicht im Dienst«, grinste Kellner, dem Brodersens Bewegung nicht verborgen geblieben war. »Lass mich lieber vorausgehen.«

Langsam und vorsichtig tasteten sie sich in der Wohnung vor. Das Licht ließen sie ausgeschaltet und in jedem Zimmer, das sie betraten, rechneten sie vorsorglich mit Widerstand. Mit Jockel oder mit jemand anderem. Vielleicht auch mit einem Hund. Man konnte nie wissen, wer oder was einen in einer fremden Wohnung erwartete. Es konnte ja auch eine Spinne sein oder ein Leguan oder Schlimmeres. Daher war es immer gut, zu beherzigen, was man schon in den ersten Lektionen auf der Polizeischule lernt: mit allem zu rechnen. Und auf möglichst vieles vorbereitet zu sein.

Als sie alle Zimmer inspiziert hatten, war klar, dass niemand in der Wohnung war. Jockel war ausgeflogen.

»Wir sollten uns hier gründlich umsehen, bevor er zurückkommt«, schlug Kellner vor, »solange haben wir noch freie Hand …«

Brodersen brummte einen halb zustimmenden, halb missbilligenden Laut. Das, was sie hier taten, war aus rein rechtlicher Sicht vollkommen unzulässig. Sie hatten weder einen Durchsuchungsbefehl noch lagen genügend Gründe vor, dass man von *Gefahr in Verzug* hätte sprechen können. Schon die Tatsache, dass Kellner die Wohnungstür geöffnet hatte, konnte sie Kopf und Kragen kosten.

»Nun los«, drängte Kellner, »worauf warten wir? Du nimmst dir das Wohnzimmer vor, ich sehe mich in der Küche und im Schlafzimmer um. Sehen wir zu, dass wir keine Spuren hinterlassen und alles so bleibt, wie wir es vorfinden.«

»Und sehen wir zu, dass wir keine Spuren zerstören«, grummelte Brodersen, dessen Blick auf einen Stapel Kartons mit der Aufschrift *Fujitsu Siemens* fiel, der in einer Zimmerecke neben der Tür stand. Der Kommissar hatte ihn wegen der nur geringen Helligkeit, die in der Wohnung herrschte, beim Betreten des Wohnzimmers nicht gleich bemerkt, aber er hatte sofort den Verdacht, dass es sich bei dem Inhalt der Kartons um *heiße Ware* handelte.

»Sieh mal einer an«, pfiff Kellner durch die Zähne, »wenn das keine geklauten Notebooks sind, will ich Meier heißen …«

15. Kapitel

Kriminalkommissar Kellner brauchte seinen Namen nicht zu wechseln: In den Kartons befanden sich in der Tat nagelneue und originalverpackte Notebooks samt Software. Sie öffneten nur die oberste Kiste - vorsichtig und behutsam. Schnell war klar, dass sie sich nicht getäuscht hatten.

Zur Sicherheit warf Kellner noch einen Blick in Jockels Schlafzimmer, wo er wie erwartet weitere Gegenstände fand, von denen mit einem hohen Maß an Wahrscheinlichkeit anzunehmen war, dass es sich um Diebesgut handelte: eine Kiste mit Digitalkameras, MP3-Playern und Speicherkarten. Dazu jede Menge Handys. Es stand zu vermuten, dass die Sachen aus einem Einbruch in einen Elektronikmarkt oder ein entsprechendes Fachgeschäft oder vielleicht auch in den Großhandel stammten.

»Ich denke, das genügt«, stellte Kellner fest, nachdem ihnen auch noch ein Karton mit Uhren und Schmuck in die Hände gefallen war, »rufen wir Kolberg und seine Leute an. Lassen wir die Bude auseinandernehmen ...«

Kaum eine Stunde später betrat Klaus Kolberg - der Mann der Spurensicherung - schimpfend die Wohnung von Friedrich Jockel in der Trarbacher Straße in Berlin-Weißensee. Er hatte eine Handvoll Leute im Gefolge und beschwerte sich lautstark darüber, schon wieder in seinem familiären Weihnachtsfrieden gestört worden zu sein. »Es geht nicht an, dass immer ich den schwarzen Peter ziehe«, meckerte er und scheuchte seine Leute an die Arbeit.

Brodersen begrüßte Kolberg und klärte ihn kurz darüber auf, welcher Hintergrund ihrer eiligen Anforderung zugrunde lag.

Kolberg nickte und betrachtete brummend die Ware, die Brodersen und Kellner gefunden hatten. »Wir sollten jemanden unten vor die Tür schicken, der die Augen aufhält«, kommentierte er die Vorführung der Kollegen. »Falls der Mann auftaucht. Dann können wir ihn gleich festnehmen.«

»Ein Zivilfahrzeug steht schon an der Ecke«, gab Kellner zurück. »Ich hab das bereits veranlasst. Die Kollegen haben ein Bild von Jockel aus der Passkartei dabei.«

Kolberg nickte anerkennend. Offenbar hatte auch er bislang nichts von den verborgenen Fähigkeiten des neuen Kollegen mitbekommen. »Wie habt ihr eigentlich das Schloss aufbekommen?«, fragte er und begab sich zur Wohnungstür. »Es war doch abgeschlossen?«

»*Lockpicking*«, grinste Kellner.

Kolberg bückte sich herunter und besah sich das Schloss. »Faszinierend«, sagte er. »Man meint, gar keine Beschädigungen zu erkennen.«

Kellner schwoll die Brust. Grinsend stolzierte er um Kolberg herum, der sich am Kopf kratzte.

»Vielleicht solltest du zu uns kommen«, sagte Kolberg. »Bei der PTU herrscht immer chronische Unterbesetzung.«

»Ach, weißt du …«, Kellner tat gönnerisch, »ich denke, die Kollegen Koch und Brodersen wissen meine Arbeit auch zu schätzen und würden nur höchst ungern auf meine Unterstützung verzichten.«

Brodersen überlegte, ob er etwas auf Kellners größenwahnsinnige Allüren entgegnen sollte, aber sein Mobiltelefon meldete sich und als er auf der Anzeige sah, wer ihn sprechen wollte, stieg ihm die Hitze ins Gesicht: Es war Christiane.

»Ich will ja nicht weiter stören«, sagte sie ohne einleitende Begrüßung und mit einem barschen Tonfall in der Stimme, »aber es würde mich interessieren, ob der Herr Hauptkommissar sich heute noch einmal im trauten Heim sehen lässt oder ob mit seiner Abwesenheit auch noch während der Nacht gerechnet werden muss …«

»Christiane …«, sagte er.

»Na wenigstens kannst du dich noch an meinen Namen erinnern«, versetzte sie, »das ist doch schon mal was.«

»Bitte«, sprach er leise in das Gerät und blickte verstohlen zu den Kollegen, die aber offensichtlich so in ihr eigenes Gespräch vertieft waren, dass sie nichts von Brodersens Telefonat mitbekamen.

»Also?«

»Ich werde versuchen, so schnell wie irgend möglich nach Hause zu kommen.«

»Das kenne ich schon, dein *ich werde versuchen*. Das kannst du dir sparen …«

Brodersen schloss die Augen. »Was soll ich denn sagen?«

»Gar nichts sollst du sagen. Du sollst einfach einmal darüber nachdenken, was ich dir noch bedeute …«

Mit diesen Worten unterbrach sie die Verbindung und Brodersen stand da, noch mit dem Handy am Ohr, und merkte, wie ihm schwindelig wurde. Was konnte er dafür, dass dieser Fall hier ausgerechnet an Weihnachten passierte? Was konnte er dafür, dass er Polizist war und als solcher keine geregelten Arbeitszeiten hatte, wie vielleicht ein … Finanzbeamter. Oder eine Architektin wie Christiane. Was sollte er denn tun? Klar hatte Christiane recht - er war krankgeschrieben und nichts und niemand auf der Welt hätte ihn dazu zwingen können, diesen Fall zu übernehmen, das stimmte schon. Aber er hatte es nun einmal getan. Und er empfand, dass das auch gut war, so. Gut für seinen psychischen Zustand. Gut nach dem, was passiert war. Gut nach dem schwersten seiner Einsätze. In den letzten Tagen hatte er immer weniger an den Toten gedacht, der durch seine Dienstwaffe gestorben war. In den letzten Tagen hatte ihn *dieser* Fall gefangen genommen und abgelenkt. Wenn das Kochs Ziel gewesen war, als er ihn am Dienstag gebeten hatte, die Ermittlungen in Sachen Rudow zu übernehmen oder ihnen zumindest dabei zu helfen, dann war es ihm gelungen.

Brodersen wog sein Telefon in der Hand und überlegte, ob er seine Frau zurückrufen und versuchen sollte, ihr das zu erklären, aber noch ehe er sich entscheiden konnte, erklang abermals ein Rufton und das Gerät begann in seiner Hand zu vibrieren.

Es war Koch, der aus dem Präsidium anrief und sich wegen Rudows Segelboot meldete. »Ich habe die Sache überprüft«, sagte er, »von Oerzen hat das Boot an den Müggelsee bringen lassen. Der Verkauf ist kurz vor Rudows Verschwinden über die Bühne gegangen.«

»Dann können wir uns eine Überprüfung des Bootes wohl sparen«, sagte Brodersen.

»Ich denke, ja.«

Brodersen gab Koch eine kurze Schilderung dessen, was sie in der Wohnung von Friedrich Jockel gefunden hatten, und bemerkte, dass es trotz allem keine einzige Spur zu geben schien, die auf Rudows Aufenthaltsort hinweisen könnte.

»Merkwürdige Geschichte«, meinte Koch. »Aber vielleicht wissen wir mehr, wenn wir diesen Mann haben, in dessen Wohnung ihr da seid.«

»Jockel? Ja, das könnte hilfreich sein. Solange wir den nicht haben, sind wir noch nicht wirklich weiter.«

Brodersen bedankte sich für Kochs Bemühungen wegen des Segelbootes und wünschte ihm anschließend noch einen schönen ersten Weihnachtsfeiertag.

Dann lief er zu Kellner und sagte, dass er dringend nach Hause müsse.

Kurz vor zwanzig Uhr setzte Kellner den Kommissar vor seinem Haus im Blumenwinkel ab und Brodersen schloss mit gemischten Gefühlen die Tür auf. Er hoffte, dass Christiane Verständnis zeigen würde. Für alles. Und er hoffte, dass er sich würde beherrschen können und nicht ausfällig werden würde. Und schließlich hoffte er, dass seine Frau ihn noch liebte.

Am nächsten Morgen, am Morgen des zweiten Weihnachtstages 2006, fühlte sich der Kommissar bedeutend besser als am Tag zuvor. Christiane und er hatten bis tief in die Nacht hinein geredet und dem Kommissar war einiges von dem aufgegangen, was seine Frau bewegte und was ihr wichtig war. Und sie hatte wohl neu begriffen, was es hieß, mit einem Polizisten verheiratet zu sein. Es war ein guter Abend und die Nacht war noch besser gewesen.

Am Morgen hatten sie gemeinsam und ausgiebig gefrühstückt und anschließend hatte Brodersen endlich seine Weihnachtsgeschenke geöffnet. Er musste laut lachen, als er sah, was Christiane neben einem Kasten Weinbrandbohnen und einer CD von *delirious?* für ihn ausgesucht hatte: ein Buch. Aber kein gewöhnliches Buch. Es war ein Kriminalroman. Ein Krimi, der hier in Heinersdorf spielte!

»Als ob es hier nicht schon genug Verbrechen gibt«, hatte Brodersen gelacht und sich gefragt, wie Christiane auf dieses Buch gestoßen war. Ihm selbst war bislang verborgen geblieben, dass es überhaupt einen Krimi gab, der direkt vor seiner Haustür spielte …

Gegen elf schließlich hatte Kolberg angerufen und mitgeteilt, dass sich in der Wohnung von Jockel tatsächlich Fingerabdrücke von Volker Rudow befunden hätten. Auf einer Tasse, einem Wasserglas und im Bad seien eindeutige Spuren gefunden worden. Die Verbindung der beiden Männer war also zweifelsfrei bewiesen. Nun konnten sie nur noch abwarten und hoffen, dass ihnen dieser Jockel ins Netz ging. Seine Wohnung wurde weiter beobachtet, aber bislang war er noch nicht aufgetaucht. Oder er hatte Lunte gerochen …

Nach dem Mittagessen warfen sich Brodersen und seine Frau ihre Jacken über und drehten eine Runde durch den Ort. Unterwegs zog Brodersen ein Halsbonbon aus seiner Jackentasche. Dabei fiel ein Zettel heraus und machte sich auf, mit einem Windstoß davonzusegeln.

Christiane sprang dem Zettel hinterher und es gelang ihr, ihn einzufangen. Lachend übergab sie ihn Brodersen wie eine Trophäe. Der Kommissar schmunzelte, als er ihn entgegennahm. Er entfaltete den Zettel und stellte peinlich berührt fest, dass es die Notiz mit den Angaben von Frau Kleinerts Hundeklau-Autoeinbruchsgeschichte war. Er hatte es völlig versäumt, sein Versprechen in die Tat umzusetzen und die Kollegen vom Diebstahldezernat um eine rasche Bearbeitung zu bitten.

Komisch, diese Geschichte, dachte er. Ein gestohlener Hund in einer Fernseherkiste! Wer klaute so etwas?

Brodersen steckte den Zettel zurück in seine Jackentasche und wollte gerade beginnen, Christiane diese abenteuerliche Story zu erzählen, als ihm ein spontaner Gedanke kam. Als er mit einem Schlag wusste, warum der Hund gestohlen worden war: weil die Diebe vermutet hatten, dass sich - was eigentlich auch logisch wäre - in dem Karton das befand, was draufstand: ein Fernsehgerät! Offenbar hatten sie die Kleinerts beim Einladen der Kiste beobachtet und Morgenluft gewittert. Ja, dachte Brodersen, so musste es gewesen sein. Und genauso konnte es im Fall Rudow sein: dass man nur auf das Äußere der Kiste gesehen hatte. Dass man gar nicht den *toten Hund* darin bemerkt hatte: Was, wenn Rudow nicht Opfer, sondern Täter war?

16. Kapitel

»Es ist so weit!« Jockel stand in der Tür und ließ ein breites Grinsen über sein fleischiges Gesicht wandern. »Heute schlagen wir zu.«

Heute, schoss es ihm durch den Kopf. *Heute!* Endlich. Oder doch: schon?

Lange hatte er warten müssen. Und dieses Warten musste doch einen Sinn gehabt haben, musste doch zu einem Ziel führen. Nach alldem, was vorgefallen war, nach seinem Verschwinden und dem, was daraufhin mit Sicherheit ausgelöst worden war, nach all diesen Dingen gab es kein Zurück mehr. Gut, er könnte einfach *Nein* sagen. Sagen, dass er es sich anders überlegt hätte, dass er aussteigen würde. Dass ihm die Sache einfach zu heiß geworden wäre. Und in gewisser Weise stimmte das ja auch.

Je näher der Zeitpunkt gekommen war, umso unruhiger war er geworden. Die Angst, die er immer wieder verspürte, diese Angst, die ihn seit Jahren lähmte, diese Angst war größer geworden. Sie hatte mehr denn je von ihm Besitz ergriffen. Aber genau das sollte anders werden. Genau das wollte er nie mehr erleben. Er wollte weg, endlich weit weg und ein neues Leben beginnen. Und das musste schnell geschehen. Schnell genug, bevor die *alte Sache* wieder hochkochte. Bevor sie auf *ihn* kamen. Bevor sie ihn holen und an den Pranger stellen würden.

Ob er ins Gefängnis wandern würde für das, was damals passiert war? Ob sie ihn verurteilen würden? Oder war die Sache verjährt? Er hatte keine Ahnung. Er wusste nur, dass er genug hatte von all den Ängsten, die immer wieder über ihn kamen und ihn fast auffraßen. Dass er genug hatte von den Bildern und Erinnerungen, die ihn bis in seine Träume verfolgten. Genug. Genug. Genug.

»Es wird auch langsam Zeit«, meinte Jockel irgendwann und mit leiserer und ernsterer Stimme. »Gestern waren die Bullen bei mir.«

»Was?«

»Die Bullen. Sie waren gestern in meiner Wohnung. Die ganze Bude haben sie auf den Kopf gestellt.«

Rudow merkte, wie er von einer Hitzewelle erfasst wurde, die ihm ins Gesicht schlug. »Und ... du?«

Jockel grinste breit. »Ich war zum Glück nicht zu Hause. War noch bei Muttern. Als ich heimkomme, seh ich grade, wie eine Ameisenkolonne Bullen aus meinem Hause marschiert - mit jeder Menge heißer Ware in den Pfoten ... Ich hab gemacht, dass ich wegkam.«

»Bist du sicher«, Rudow ließ sich auf die Pritsche niedersacken, »dass sie dich nicht gesehen haben?«

Jockel winkte ab. »I wo - die waren viel zu sehr mit sich selbst beschäftigt, als dass die mich wahrgenommen hätten. Nein, nein, da kannst du ganz beruhigt sein.«

»Und jetzt?«

»Na ja«, Jockel zuckte mit den Schultern, »zurück kann ich natürlich nicht. Im Grunde geht es mir jetzt wie dir: Ich bin jetzt auf der Flucht ...«

Sie gingen vor die Tür und Jockel zündete sich eine Zigarette an. »Wenn das hier erledigt ist, dann verschwinden wir ohnehin außer Landes und haben ausgesorgt. Dann hat die liebe Seele Ruh.«

Rudow nickte. »Und du bist sicher, dass dein Freund dort drüben in Polen auch vertrauenswürdig ist?«

Jockel blickte in den Himmel und blies den Tabakqualm in die Höhe. »Sind *wir* denn vertrauenswürdig?«

Rudow wusste, dass sein Kompagnon recht hatte. Es war im Grunde ein Spiel, das auf der gegenseitigen Erwartung beruhte, dass keiner den anderen übers Ohr haute. Garantien gab es keine. Nur eine Wahrscheinlichkeit. Und einen Instinkt.

»Tomasz will auch ein Stück vom Kuchen«, fuhr Jockel fort, ohne auf eine Antwort des Journalisten zu warten, »er hat ja kaum Arbeit damit und geht das geringste Risiko ein.« Wieder blies er eine blaue Wolke in die Höhe. »Außerdem ist er ein feiner Kerl.«

Rudow warf seine Zigarette nach der Hälfte zu Boden und trat sie aus. Eigentlich war er gar kein Raucher.

»Schorsch kommt«, brummte Jockel und wies auf den weißen Transporter, der über den Sandweg zwischen den ehemaligen Gleisen auf sie zugefahren kam. »Wir werden noch bis zum Einbruch der Dämmerung hier warten und dann gemeinsam losfahren.«

Rudow vergrub die Hände in den Taschen seiner Jacke und sagte nichts. Bald würde es losgehen. Und danach würde er sein neues Leben beginnen. Ein Leben, das hoffentlich besser sein würde als sein bisheriges. Besser und … ruhiger. *Dann hat die liebe Seele Ruh*, hatte Jockel gesagt. Vielleicht würde es so sein. Es wäre die Sache wert.

17. Kapitel

Joachim Fork verbrachte den zweiten Weihnachtsfeiertag mit Warten.

Er wartete auf die Mitteilung der Ärzte, ob seine Armfraktur doch noch operiert werden musste; er wartete auf Timon Menzel, seinen Krankenpfleger, der ihm zum interessanten Gesprächspartner geworden war; vor allem aber wartete Joachim Fork auf seinen alten Kollegen Werner Brodersen. Werner war ein feiner Kerl. Einer vom alten Schlag. Einer, der nicht um der Karriere oder des Abenteuers willen Polizist war, sondern aus Berufung. Und aus Gerechtigkeitsempfinden. Ja, so schätzte er Brodersen ein.

Fork lag in seinem Bett und starrte an die Decke des Krankenhauszimmers. Er würde endlich reden. Reden müssen über damals. Reden wollen über das, was passiert war. Und über das, woran er schuldig geworden war. Werner war dafür der richtige Mann. Ein Wunder, dass er zur Stelle gewesen war, gleich nach dem … Selbstmordversuch.

Es klopfte kurz und eine Schwester betrat das Zimmer. Sie grüßte freundlich und stellte dann eine kleine Schale mit zwei Tabletten auf Forks Nachtschrank. Seit er hier war, bekam er jeden Tag diese zwei Tabletten. Wofür sie gut waren oder wogegen, wusste er nicht. Vielleicht würde er Timon Menzel, den Pfleger, fragen, wenn der das nächste Mal kam.

»Weiß man inzwischen, wie es um meinen Armbruch bestellt ist?«, fragte Fork die Krankenschwester, die sich schon wieder auf dem Rückweg befand.

»Sie meinen«, antwortete sie und drehte sich wieder um, »ob noch eine OP nötig ist?«

Fork nickte. »Ja. Was hat der Chefarzt denn zu den neuen Röntgenaufnahmen gesagt?«

Die Krankenschwester, ein junges Ding, blies sich eine ihrer langen blonden Haarsträhnen aus dem Gesicht. »Ich habe …«, stotterte sie mit süßsaurem Gesicht, »ich habe ganz vergessen … zu fragen.«

»Oh«, gab Fork zurück. »Ich hatte Sie doch extra gebeten, noch einmal zu horchen, ob …«

»Ja, das stimmt schon, ich weiß ja, aber irgendwie … ich habe es verschwitzt …«

»Verschwitzt?« Fork sah, dass sie rote Wangen bekam.

»Ja. Bitte … ich … machen Sie mir bitte kein schlechtes Gewissen … ich war so in Gedanken, weil …«

»Schon gut, beruhigen Sie sich«, sagte Fork. »Es ist ja kein Beinbruch.«

Die Schwester nickte halb lachend, halb verängstigt. Offenbar war sie noch nicht lange hier und fürchtete sich vor Beschwerden. »Ich werde mich umgehend darum kümmern«, versprach sie und verschwand aus dem Zimmer.

Fork, der sich im Laufe des Gesprächs aufgesetzt hatte, legte sich wieder hin.

Machen Sie mir bitte kein schlechtes Gewissen, hatte die blonde Schwester gesagt. Ging das eigentlich? Konnte man jemandem ein schlechtes Gewissen *machen*? *Nein*, dachte er, *ein schlechtes Gewissen kann man jemandem nicht* machen, *er kann es nur haben*. Er, Fork, hatte ein schlechtes Gewissen. Seit Jahren. Und endlich war er nahe dran, die Angst und die Bedrückung und die Schuld abzugeben und dadurch vielleicht heil zu werden.

Hoffentlich kam Brodersen bald, dachte er. Dann würde er reden. Und gestehen.

18. Kapitel

Rudow hatte sich eine nach seinem Empfinden gute Ausrede zurechtgelegt, für den Fall, dass man sie schnappen würde. Er würde ganz einfach behaupten, er habe eine *Undercoverreportage* über das Vorgehen der Bande machen wollen und nie auch nur im Entferntesten daran gedacht, dass etwas anderes als Schrott entwendet werden würde. Und Schrott, nun ja, da würde der Staatsanwalt doch sicher ohnehin nicht ganz so streng sein und außerdem hatte er, Rudow, ja in guter Absicht gehandelt, wollte er doch die Machenschaften der Buntmetallbande aufdecken und an die Öffentlichkeit bringen.

Kurz nach sechzehn Uhr waren sie mit dem Transporter losgefahren, einem weißen VW LT. Rudow wusste in groben Zügen, wo es hingehen würde und um was es ging, aber er hätte nicht geglaubt, dass es sich bei dem *Laden*, welchen sie - um es mit Jockels Worten zu sagen - *ausräumen* wollten, um einen solch großen und modernen Firmenkomplex handeln würde. Die Zufahrt war durch ein massives Eisenrolltor gesichert und Rudow fragte sich, wie sie es aufbekommen wollten.

»Gar nicht«, erklärte Jockel ihm, als er danach fragte. »Dieses Tor ist mit einem sehr schwierig zu knackenden Alarmschutz versehen, an dem wir uns die Zähne ausbeißen würden. Das lassen wir lieber sein.«

»Aber wie kommen wir dann aufs Gelände?«

Jockel grinste. »Mit einer Leiter! Aber das ist nicht das Problem. Das Problem ist, wie wir die Kisten, die wir rausholen wollen, über das Tor bekommen.«

»Hmm«, brummte Rudow.

»Aber dafür haben wir ja dich mitgenommen. Bei dieser Sache braucht es drei Mann, da kamst du gerade recht.«

»Ich?«

»Du. Du wirst die Kisten mit Schorsch über das Tor auf das Dach des Transporters ziehen und von dort aus durch die Dachluke in den Laderaum absenken.«

»Über das Tor ziehen?«

»Ja, Mann«, Jockel verdrehte die Augen. »Ich fahre sie mit einem Gabelstapler bis ran. Die Karre steht dort drüben in der Halle.«

Rudow nickte. Er fragte sich, woher Jockel all das wusste und ob er sich seiner Sache so sicher sein konnte, wie er bisher geglaubt hatte. Aber es gab jetzt kein Zurück mehr.

Nachdem sie ausgestiegen waren und sich versichert hatten, dass die Luft rein war, holte Prinzhorn - wie Schorsch mit bürgerlichem Namen hieß - die Stehleiter aus dem Transporter und stellte sie ans Tor. Jockel überstieg es als Erster. Rudow folgte ihm und Prinzhorn blieb auf der äußeren Seite und stand Schmiere.

Jockel hatte wirklich an alles gedacht: Um keine Fußspuren zu hinterlassen, hatten sie sich Plastiktüten über die Schuhe gestreift und mit Gummibändern gerafft. Außerdem trug jeder von ihnen Latexhandschuhe und Rudow kam sich vor wie im Krimi. Er fragte sich, ob es sich hier wirklich *nur* um einen Diebstahl von Edelmetallen handeln würde oder ob sie ein Kapitalverbrechen durchführen wollten. Oder die Bank von England ausrauben. Oder der Kanzlerin das Tafelsilber stehlen. Wobei das sicher schon eher dem nahekommen würde, was hier geplant war.

Dann sah er zu, wie Jockel mithilfe einer Akku-Bohrmaschine die Schlösser zur Halle malträtierte. Es dauerte Ewigkeiten, aber irgendwann hatte er es geschafft und die Tür ließ sich öffnen.

»Haben die hier keine Alarmanlage?«, flüsterte Rudow.

Jockel grinste. »Und ob! Aber man kann sie abschalten. Wenn man weiß wo!«

»Und du … weißt es?«

Jockel nickte. »Ja, ich weiß wo.«

»Und woher?«

»Das«, sagte Jockel und legte einen Finger an seinen Mund, »ist ein Betriebsgeheimnis.«

Keine fünf Minuten später schob Jockel das große Rolltor an der Hallenseite auf und bat Rudow mit einer übertrieben betonten Geste einzutreten.

Dann zerrten sie ein halbes Dutzend schwere und klobige Holzkisten ins Freie und durchwühlten einen Schreibtisch nach Bargeld, was allerdings erfolglos blieb.

Anschließend holte Jockel den Gabelstapler und sie fuhren die Kisten zum Ausfahrtstor, wo Rudow gemeinsam mit Prinzhorn so vorging, wie Jockel es ihm beschrieben hatte. Es klappte mehr schlecht als recht und der LT ächzte und stöhnte unter der Last.

»Mann o Meter«, keuchte Prinzhorn und wischte sich mit der flachen Hand übers Gesicht, »ich hoffe bloß, Jockel weiß, was er tut. Wenn wir hier einen Achsbruch riskieren, dann prost Mahlzeit.«

Rudow nickte. »Hat er dir verraten, woher er weiß, wie man die Alarmanlage abstellen kann?«

»Wir haben«, grinste Prinzhorn, »einen kennengelernt. In der Kneipe, im *Feigenbaum*. Der arbeitet hier als Staplerfahrer und hat geplappert, nachdem ihn Jockel ordentlich abgefüllt hatte. Von dem seinen Gequatsche haben wir auch überhaupt erst die Idee, hier einzusteigen. Der hat damit geprahlt, welche Werte er hier jeden Tag bewegt und wie das alles abläuft.«

So war das also, dachte Rudow. Daher waren sie auf diese Firma gekommen.

Nach einer knappen halben Stunde war der ganze Spuk vorbei. Jockel hatte den Gabelstapler zurückgebracht, das Rolltor und die Hallentür zugeschoben und war schließlich mithilfe der Stehleiter über das Ausfahrtstor zu den anderen gelangt.

Dann hatten sie den Transporter bestiegen und waren davongefahren. Zunächst ohne Licht, das sie erst einschalteten, als sie auf die Landstraße nach Lindenberg eingebogen waren.

Rudow merkte, dass seine Angst und seine Anspannung nicht nachließen, obwohl das Gefährlichste doch eigentlich vorüber war. Sicher, sie mussten das Zeug noch loswerden, aber Jockel war überzeugt davon, dass sein polnischer Kumpel das problemlos für sie erledigen würde. Und dann würde es Geld geben und Rudow würde verschwinden. Für immer.

19. Kapitel

Am Morgen des ersten allgemeinen Arbeitstages nach dem Weihnachtsfest, am Morgen des 27. Dezember, erwachte Brodersen aus unerklärlichen Gründen bereits um fünf Uhr früh.

Zunächst lag er eine halbe Stunde im Bett und versuchte wieder einzuschlafen, was ihm aber nicht gelang. Er gab seiner noch schlafenden Frau einen Kuss auf die Stirn, rollte sich aus dem Bett und schlurfte in die Küche. Dort setzte er die Kaffeemaschine in Gang und wartete dann - am Fenster stehend -, bis der Kaffee durchgelaufen war. Die Straßenbeleuchtung warf ein gelbliches Licht auf die Wege, Häuser und laublosen Hecken. Genauso hatte er hier gestanden, vor fast einer Woche, als der Anruf von Koch kam, der ihm diesen Fall aufdrücken wollte. Aufgedrückt hatte! Den Fall des verschwundenen Journalisten Volker Rudow aus dem Wildstrubelpfad. Wo steckte der Mann? Was steckte dahinter? Und wo steckte der Sinn?

Irgendwann hörte Brodersen das Blubbern der Kaffeemaschine und wandte sich um. Der Kaffee war fertig und der Kommissar nahm sich eine Tasse aus dem Schrank und goss sie voll. Dann stellte er sich zurück ans Fenster, blies in die heiße Flüssigkeit und fragte sich, ob er nicht heute zum Arzt gehen und sich wieder gesundschreiben lassen sollte. Im Dienst war er doch eigentlich ohnehin längst wieder. Andererseits: Wäre er schon wieder in der Lage, seine Dienstwaffe zu tragen? Wäre er bereit, im Notfall wieder zu schießen?

Ich bin nicht schuld am Tod dieses Menschen, sagte er sich, aber er merkte, dass es ihm schwerfiel, so zu denken. Hätte er nicht geschossen, hätte es der Täter getan. Dann wäre Brodersen jetzt tot. Und die Geisel möglicherweise auch. Eine junge Frau, Mutter zweier Kinder. Aber konnte man, durfte man abwägen? War nicht ein Leben immer ein Leben?

Brodersen nahm einen kräftigen Schluck aus seiner Tasse. Dann stellte er sie ins Spülbecken, lief ins Wohnzimmer und setzte sich in den Sessel. Kurz darauf fielen ihm die Augen zu und er schlief ein.

Als Christiane ihn kurz nach zehn lachend weckte, tat ihm der Rücken weh. Mörderisch weh.

»Was schläfst du nicht im Bett, wo's warm und gemütlich ist?«, hatte sie mit einem kessen Augenaufschlag gefragt und sich dann an den Frühstückstisch gesetzt.

Zerknirscht und jammernd war Brodersen ihr gefolgt und hatte lustlos ein halbes Brötchen mit Erdbeermarmelade in sich hineingestopft. Anschließend war er duschen gegangen.

Gegen zwölf hatte er sich auf den Weg ins Präsidium gemacht und an einer Besprechung mit den Kollegen teilgenommen, in deren Verlauf es unter anderem auch um den Fall Rudow gegangen war. Sie hatten alle bisherigen Ermittlungsergebnisse erörtert und darüber nachgedacht, ein Foto des vermissten Journalisten in die Zeitung und die einschlägigen Internetseiten der Polizei zu stellen, um möglicherweise - hoffentlich - weitere Hinweise zu erhalten. Brodersens Verdacht, Rudow könnte an den Aktionen von Jockel und seinem Kumpan beteiligt sein, war zunächst auf Verblüffung gestoßen, dann aber als eine nicht von der Hand zu weisende Möglichkeit diskutiert worden.

Schließlich hatte man sich geeinigt, die Veröffentlichung bis nach dem Jahreswechsel zu verschieben und zu hoffen, dass man Jockel oder gar Rudow selbst vorher noch finden und aufgreifen würde.

Nach der Besprechung hatte Brodersen schließlich auf dem Rückweg einen Abstecher zu Daniela Rudow unternommen und bei der Frau nach dem Rechten geschaut. Es ging ihr nicht wirklich gut, aber sie hatte sich zumindest etwas gefangen und die extreme Verfassung, in der sie am Heiligen Abend gewesen war, überwunden.

Nach Kaffee und *Dresdner Christstollen* zu Hause mit Christiane entschloss sich Brodersen schließlich gegen siebzehn Uhr dazu, sein Versprechen einzulösen und zu Achim in die Klinik zu fahren. Also setzte er sich wieder in seinen Volvo und machte sich auf den Weg.

Als er in die Tiniusstraße einbiegen wollte, wurde er von zwei Polizisten angehalten. An der Seite stand ein Mannschaftswagen.

»Hier geht's heute nicht durch«, sagte einer der Beamten, nachdem Brodersen das Seitenfenster heruntergelassen hatte. »Benutzen Sie bitte die Neukirch- oder die Rothenbachstraße.«

Brodersen griff in seine Jacke und zog seinen Dienstausweis hervor. »Was ist denn los?«

Der Uniformierte winkte ab. »Genehmigte Demonstration«, sagte er. »Eine Lichterkette ...«

»Wegen der Moschee?«

»Genau deswegen.«

»Und? Alles friedlich?«

»Alles bestens.«

Brodersen blickte an dem Kollegen vorbei und sah in einiger Entfernung das Aufblitzen eines Fotoapparates.

»Presse, Funk und Fernsehen sind auch schon da, wie immer«, kommentierte der Polizist. »Ich glaube, wenn hier in Heinersdorf jemand auf einer Bananenschale ausrutscht, ist gleich jemand von der Presse zur Stelle und fotografiert den armen Menschen noch während des Fallens ...«

Brodersen überlegte kurz, ob er über den Scherz lachen sollte, aber er fürchtete, dass etwas Wahres darin lag. »Na, dann, guten Dienst noch«, sagte er, ließ das Fenster hochfahren und wendete. Dann nahm er den Weg über die Neukirchstraße zur Bahnbrücke.

Zehn Minuten später war er in der Klinik und fuhr mit dem Aufzug in die vierte Etage zu Forks Zimmer. Bevor er anklopfte, fiel ihm ein, dass es vielleicht höflich gewesen wäre, seinem alten Kollegen irgendetwas mitzubringen. Obst oder eine Flasche Saft oder vielleicht auch einen Blumenstrauß. So kam er zum wiederholten Male mit leeren Händen. Und das so kurz nach Weihnachten ...

Forks linker Arm war noch immer in einem massigen Gipsverband verborgen, aber Brodersen hatte den Eindruck, dass es ihm mittlerweile zumindest in psychischer Hinsicht besser zu gehen schien. Joachim Fork saß an dem kleinen Tisch in seinem Krankenzimmer und las.

»Schön, dass du kommst!«, begrüßte er Brodersen und reichte ihm die Hand.

Brodersen schüttelte sie und deutete dann auf den freien Stuhl.

Fork nickte.

»Wie geht es dir?«, fragte der Kommissar, nachdem er seine Jacke ausgezogen und Platz genommen hatte.

Fork schob das Buch beiseite, in dem er gelesen hatte. »Besser«, sagte er, »es geht mir besser.«

»Das ist gut.«

»Ja.«

»Haben sie schon gesagt, wann du … rauskommst?«

Fork schüttelte den Kopf. »Du weißt ja, wie mit Patienten wie mir normalerweise verfahren wird …«

»Du meinst mit … »

»Selbstmördern, ja.«

Brodersen schluckte.

»Ich vermute mal, dass sie versuchen werden, mich irgendwie in eine psychiatrische Einrichtung zu stecken, um den Grund der Sache zu erfahren. Um tief in meiner Seele zu graben und Schuldige zu ermitteln …«

»Und?«

Fork schüttelte langsam den Kopf. »Es gibt keine Schuldigen. Außer mich selbst.«

»Wie … meinst du das?«

Der alte Kollege schloss für einen Moment die Augen. Dann erzählte er Brodersen, was vorgefallen war, damals bei dem Einsatz an der Grenze. Und auf dem Rangierbahnhof. Damals, als er einem Regime gedient hatte, welches sich im Nachhinein als *unmenschlich* erwiesen hatte. Fork erzählte, wie es gewesen war. Dass er Befehle befolgt hatte, ohne sich deren Tragweite überhaupt bewusst gewesen zu sein. Ohne darüber nachzudenken, ob sie seinen innersten Gefühlen widersprachen.

»Und dann«, sagte er schließlich mit heiserer Stimme, »habe ich meinen Bruder in den Tod gehetzt. Ich hätte ihn laufen lassen sollen.

Gleich. Ich hätte ihm gar nicht folgen sollen. Nicht nur, weil er mein Bruder war, sondern weil er *ein Mensch* war. Ein Mensch, der nichts anderes wollte, als in Freiheit leben. Ein Mensch, der kein Verbrechen begangen hatte.«

Brodersen rieb sich über die Augen.

»Diese Geschichte lastete all die Jahre schwer auf mir«, setzte Fork hinzu. »Vielleicht auch, weil ich niemals mit jemandem darüber geredet habe. Nicht einmal mit Birgit, meiner Frau. Mit keinem. Vielleicht wäre es besser gewesen, wenn die Sache von Anfang an anders verlaufen wäre. Vielleicht wäre es besser gewesen, ich hätte den Vorfall sofort gemeldet. Aber ich war wie vor den Kopf geschlagen. Ich war vollkommen fertig. Und dann sprach niemand mehr davon. Niemand sprach von dem toten Bernd. Er galt als vermisst und nur danach fragten sie mich. Ich hielt es für eine versteckte Drohung, zu schweigen. Aber es war sehr ungewöhnlich, schließlich verhörten die Genossen von der *Sicherheit* auch jeden Angehörigen, wenn ein Mensch verschwand und man annahm, er sei möglicherweise in den Westen abgehauen …«

»Und die Leiche? Ich meine - wie hat man denn darauf reagiert? Man muss die Leiche doch gefunden haben.« Brodersen machte ein fragendes Gesicht. »Wenn irgendwo ein Toter gefunden wird, dann versucht man doch, seine Identität zu klären. Und man verständigt die Angehörigen. Oder war das in der DDR anders?«

Fork schüttelte den Kopf. »Normalerweise war es genau so. Aber dieser Fall war offenbar nicht normal. Niemand kam und sprach von Bernds Tod. Niemand kam und brachte eine Todesnachricht. Und schließlich schien niemand mehr nach meinem Bruder zu suchen.«

»Aber das gibt es doch nicht, dass jemand einfach so verschwindet und keinen interessiert das …«

Fork drehte seine Handflächen nach oben. »Offenbar gibt es das doch. Oder besser, gab es. Ich habe lange darüber nachgedacht und bin fast wahnsinnig geworden dabei. Schließlich fand ich mich damit ab. Auch damit, dass es kein Grab geben würde, an dem ich Bernd besuchen konnte.«

»Und deine Familie? Eure Eltern? Oder andere Geschwister?«

Fork schüttelte den Kopf. »Es gab nur noch Bernd und mich. Unsere Eltern waren bereits tot und andere Geschwister hatten wir nicht.«

»Aber seine Wohnung, die Nachbarn - was war damit?«

»Bernd hat bei einer Rentnerin zur Untermiete gewohnt. Die hat mich nach einigen Tagen angerufen und gefragt, ob ich wüsste, wo mein Bruder sei.«

»Und?«

»Ich hatte Angst und habe gelogen. Ich habe gesagt, dass ich den Kontakt zu ihm schon seit Wochen abgebrochen hatte ... Seitdem fragte niemand mehr nach Bernd. Auch niemand von den Behörden.«

»Hmm«, brummte Brodersen, »eine merkwürdige Geschichte. Hast du mal daran gedacht, Einsicht in deine Stasiakten zu nehmen? Oder in die deines Bruders?«

Fork schüttelte den Kopf. »Als die Wende kam, hatte ich es gerade geschafft, die Sache einigermaßen im Griff zu haben; wurde nicht mehr jede Nacht schweißgebadet wach. Da verdrängte ich alles, was mit dieser Geschichte zusammenhing. Und außerdem ...«, Fork zögerte, »außerdem hatte ich Angst.«

Brodersen nickte. »Und warum jetzt der ...«

»Selbstmordversuch, meinst du?« Fork deutete auf eine Zeitung, die an der Seite des Tisches lag. »Weil sie Bernd gefunden haben ...«

»Sie haben *was*?«

»Sie haben Bernd gefunden. Bei der Beräumung des Rangierbahnhofs.«

Brodersen machte große Augen und schüttelte ungläubig den Kopf. »Dann hat er dort ... gelegen? All die Jahre?«

Fork nickte. »Es sieht so aus.«

»Aber - warum denn nur? Und - wie?«

»Das ist eine Frage, die ich dir nicht beantworten kann. Eine Frage, über die ich mir das Hirn zermartert habe. So lange, bis ich fast verrückt geworden bin. So lange, bis ich ...« Fork blickte auf seinen verbundenen Arm.

Einen Moment lang schwiegen sie beide. Dann meldete sich Brodersens Mobiltelefon und er fluchte, weil er schon wieder vergessen hatte, es stumm- oder auszuschalten, als er die Klinik betreten hatte.

Es war Kellner. Und er berichtete, dass soeben eine merkwürdige Meldung eingegangen sei: Einbruch in die Lagerräume der Firma *EMA-Lange* in Schwanebeck. Es seien große Mengen von Edelmetallen entwendet worden. Und es sei dort am Tag zuvor ein verdächtiges Fahrzeug beobachtet worden, welches vermutlich zu den Tätern gehört hatte: ein silberner Toyota Avensis …

20. Kapitel

Brodersen verstand, was das bedeuten konnte, was Kellner soeben gesagt hatte. Er ließ sich die genaue Adresse der Edelmetallfirma geben und versprach Kellner, sich sofort auf den Weg zu machen.

»Es ist, als sei der Wurm drin«, sagte Brodersen und hob entschuldigend die Hände. »Immer wenn ich bei dir bin und wir reden wollen …«

»… klingelt dein Telefon«, ergänzte Fork den Satz und lächelte. »Ja, ja - so ist das Polizistenleben. Aber lass nur, ist schon in Ordnung.«

Brodersen nickte ebenfalls lächelnd, steckte sein Handy zurück und verabschiedete sich hastig von seinem alten Kollegen. Nicht ohne zu versichern, er würde so bald wie möglich wiederkommen und das Gespräch fortsetzen. Und nicht ohne erstaunt darüber zu sein, wie Joachim Fork plötzlich mit seiner jetzigen Situation umzugehen schien …

Das Gelände der Firma *EMA-Lange* befand sich in einem Teil von Schwanebeck, den Brodersen bislang nicht gekannt hatte. Er hatte eine Weile suchen müssen, ehe er den Betrieb fand. Es war ein größeres Areal, das aus mehreren Gebäuden, Lagerhallen und einem Schornstein bestand. Vor dem Zufahrtstor standen mehrere Polizeiwagen, ein weißer VW-Bus und Kellners Kadett. Brodersen parkte direkt daneben und stieg aus. Als er das Firmengelände betreten wollte, hielt ihn einer der Uniformierten auf.

»Moment bitte!«, sagte der Beamte, »darf ich fragen, wer Sie sind und wohin Sie wollen?«

Brodersen zog seinen Dienstausweis hervor und hielt ihn dem Polizisten vor die Nase.

Dieser nickte. »Kommissar Burkhardt leitet die Ermittlungen. Er ist schon vor Ort und Sie finden ihn gleich dort rechts, drüben im Bürogebäude.«

»Kommissar … *Burkhardt*?«, wiederholte Brodersen gedehnt und der Polizist nickte erneut.

Brodersen blickte an dem Beamten hinab und starrte auf das Wappen an dessen Jackenärmel. In diesem Moment ging ihm auf, was er völlig übersehen hatte: Schwanebeck gehörte ja schon zum Land Brandenburg und folglich hatte hier auch die Brandenburger Polizei das Sagen.

»Okay«, grinste Brodersen schließlich, klopfte dem Uniformierten kameradschaftlich auf die Schulter und folgte dann dem beschriebenen Weg zum Bürogebäude. Vor dem Haus standen mehrere mobile Scheinwerfer und beleuchteten den Eingangsbereich. An der Tür selbst waren zwei Männer in weißen Overalls zugange und sicherten offenbar die Spuren.

Als Brodersen das Bürogebäude betrat, sah er als Erstes Kellner, der auf einem Schreibtisch saß, mit einem Teleskopkugelschreiber herumfuchtelte und offenbar das Dirigieren übte. Musik war keine zu hören, aber Brodersen hatte den Verdacht, dass es sich bei dem, was Kellner leise vor sich hinbrummte, um das alte Lied *As time goes by* handeln sollte.

»Werner!«, rief der Kollege, als er Brodersen bemerkt hatte, warf den Kugelschreiber weg und sprang vom Tisch. »Ist das nicht wunderbar: Jetzt haben wir eine erste wirkliche Spur!«

»Ja, ja«, murmelte Brodersen und winkte ab. »Wo ist denn der zuständige Ermittler? Kommissar …«

»Manfred Burkhardt«, ergänzte Kellner. »Klingt wie *Humphrey Bogart*, nicht wahr?«

Brodersen verdrehte die Augen. »Wo er steckt, wollte ich wissen …«

»Der Kommissar ist gerade in einer der Lagerhallen. Müsste aber gleich zurück sein.«

»Was ist denn gestohlen worden?«

Kellner trat an eines der Fenster und zeigte hinaus. »Wie es aussieht, fast nur Edelmetalle. Ein bisschen Gold- und Silbermaterial, etwas Zahngold, vor allem aber Industriescheidgut: Kathoden, Silberdrähte, Autokatalysatoren.«

»Weiß man schon einen ungefähren Wert der entwendeten Gegenstände?«

»Ansatzweise. Kollege Burkhardt«, Kellner grinste, als er den Namen nannte, »ist grade mit dem Firmenchef auf dem Gelände unterwegs, um ein paar Detailfragen zu klären.«

Wie auf ein Stichwort hin öffnete sich die Bürotür und ein ebenso langer wie dürrer Mann, der allen Ernstes mit einem hellen Trenchcoat bekleidet war, betrat den Raum. Kein Zweifel, dass dieser Mensch Kommissar Manfred Burkhardt sein musste …

Nachdem man sich gegenseitig vorgestellt hatte, wiederholte Brodersen seine Frage: »Welchen Wert haben die entwendeten Gegenstände?«

Burkhardt kratzte sich am Kinn. »Herr Spilling, der Chef von diesem Unternehmen, schätzt den Wert auf mindestens eine halbe Million Euro.«

»So viel?«

»Offenbar. Derartige Edelmetalle scheinen sehr teuer zu sein. Vor allem das Industrieplatin.«

Brodersen schüttelte den Kopf. »Und das liegt hier einfach so herum? Solch ein Wert? Ich meine, gibt es denn keine Tresore oder wenigstens eine zuverlässige Alarmanlage?«

Kommissar Burkhardt schüttelte den Kopf. »Tresore wären logistisch sehr ungünstig, hat mir Spilling erklärt. Der Schrott wird hier in ganz unterschiedlichen Maßen eingeliefert, sodass sich ein normaler Tresor allein aus diesem Grunde nicht eignen würde. Aber eine Alarmanlage gibt es selbstverständlich.«

»Und warum hat sie dann nicht funktioniert?«

Der Brandenburger Kollege zuckte mit den Schultern. »Dafür gibt es aus meiner Sicht zwei Erklärungen: Entweder es wurde versäumt, sie vor Weihnachten einzuschalten, oder die Täter sind sehr professionell vorgegangen.«

»Gibt es denn keine Spuren?«

»Wir sind dabei, das zu überprüfen.«

»Wann wurde der Einbruch eigentlich bemerkt?«

»Heute Nachmittag. Die machen hier über die Feiertage Betriebsferien, daher war morgens noch niemand hier. Der Chef kam gegen fünfzehn Uhr, um nach dem Rechten zu schauen. Vorher hat niemand was bemerkt. Nur ein Nachbar, der hier öfter mit seinem Hund unterwegs ist, hat zu Protokoll gegeben, ihm sei vor zwei Tagen ein Auto aufgefallen, das im Schritttempo vorbeigefahren wäre. Der Mann hatte ein komisches Gefühl, als er den Wagen beobachtet hat. Es war ein ...«

»Ein silberner Toyota Avensis«, ergänzte Brodersen. »Ich habe schon davon gehört.«

Dann bedankte er sich bei Burkhardt, bat um Kopien des Ermittlungsberichts und der Ergebnisse der Spurensicherung und verließ dann gemeinsam mit Kellner das Gelände.

»Aus meiner Sicht waren das Profis«, kommentierte Kellner seine Empfindungen, als sie an ihren Autos standen. »Wer sonst würde es wagen, in solch einen Betrieb einzubrechen und in aller Seelenruhe schwere Metallteile im Wert von einer halben Million Euro herauszuholen?«

Brodersen zuckte mit den Schultern. »Vielleicht war es ja auch einer von den Angestellten, wer weiß?«

Kellner bohrte sich im Ohr. Dann erhob er seinen Blick und starrte mit halb zugekniffenen Augen in eine der Laternen, die den Parkplatz beleuchteten. Schließlich nieste er zweimal und schüttelte sich. »Warten wir's ab«, sagte er schnaubend. »Mal sehen, was Humphrey Bogart, äh: Manfred Burkhardt und seine Leute herausfinden ...«

Als Brodersen am Abend gemeinsam mit seiner Frau auf der heimischen Couch saß und die *Tagesschau* ansah, fiel ihm ein, was Fork über die skelettierte Leiche gesagt hatte, die sie auf dem Bahngelände gefunden hatten. Dass er fest davon ausging, dass es sich bei dem Toten um seinen Bruder handelte.

Brodersen erhob sich und ging in den Flur. Dort griff er nach dem Telefon und rief im Präsidium an. Nach ein paar Augenblicken wusste er, dass Gronau in seinem Büro war und somit offenbar heute Nachtdienst hatte. Also schilderte Brodersen ihm die Lage und was er wusste und bat den Kollegen, die Sache mit der skelettierten Leiche zu überprüfen. Gronau versprach, sein Möglichstes zu tun, vermutete aber, dass man heute Abend keine Auskünfte mehr erhalten würde.

Schließlich bedankte sich Brodersen und legte auf. Als er am Schlafzimmer vorbeikam, zögerte er einen Moment. Dann ging er hinein und legte sich aufs Bett. *Wenigstens zehn Minuten*, dachte er. *Wenigstens zehn Minuten langmachen* … Kurz darauf war er eingeschlafen.

Donnerstag, der 28. Dezember 2006, begann damit, dass Brodersen nach dem Frühstück zum PLUS-Markt in der Rothenbachstraße fuhr, um einen Kasten Mineralwasser und zwei Gläser Sauerkraut für das Eisbein an Silvester zu erwerben. Er selbst hätte es zweifellos vergessen, aber Christiane hatte ihn daran erinnert und gebeten, die besagten Dinge zu besorgen. Sie selbst war nach Eberswalde gefahren, um in dem Architekturbüro, bei dem sie arbeitete, nach dem Rechten zu schauen und die Post durchzusehen.

Als Brodersen den Blinker gesetzt hatte, um auf den Parkplatz von PLUS zu fahren, kam ihm ein Bus der Linie 155 entgegen und Brodersen fiel auf, dass man die Bezeichnung des Fahrzieles an der Vorderseite der Busse beim letzten Fahrplanwechsel vor zwei Wochen offensichtlich geändert hatte. Früher stand an der elektronischen Anzeige: *Heinersdorf, Kirche*. Jetzt hieß es: *Heinersdorf, Am Wasserturm*. Warum hatte man das gemacht?

Hinter ihm hupte es und Brodersen erschrak. Er hatte sich durch den Bus ablenken lassen und gar nicht mitbekommen, dass die Straße längst frei war und er abbiegen konnte. Hastig gab er Gas. Etwas zu heftig, denn die Räder drehten durch und die Reifen quietschten.

Als Brodersen auf dem Kundenparkplatz gehalten hatte und ausgestiegen war, sah er den Mann, der eben hinter ihm gehupt hatte. Er parkte ein paar Meter weiter, vor dem Eingang zum Bäckerladen, und schüttelte beim Aussteigen übertrieben deutlich den Kopf. Dabei schaute er zu Brodersen hinüber und murmelte irgendetwas. Brodersen war sich nicht sicher, aber er glaubte ein *Wohl Tomaten auf den Augen?* vernommen oder an den Lippenbewegungen erkannt zu haben. Bevor der Kommissar irgendetwas sagen oder in anderer Weise reagieren konnte, war der Mann im Bäckergeschäft verschwunden.

Brodersen ging einige Schritte auf den Wagen des Mannes zu und musterte das Fahrzeug mit kritischen Blicken. Es war ein uralter Ford Fiesta und Brodersen vermutete, dass es um die Betriebssicherheit dieses Gefährts nicht zum Besten bestellt war. Mal sehen, dachte er, vielleicht fand sich ja ein Grund, die Karre gleich hier an Ort und Stelle aus dem Verkehr zu ziehen. Der Kommissar ging in die Hocke, um die Profiltiefe der Reifen in Augenschein zu nehmen. In diesem Moment meldete sich sein Mobiltelefon. Brummend zog Brodersen es aus seiner Jacke und nahm das Gespräch an, während er kopfschüttelnd feststellte, dass die Reifen überhaupt kein Profil mehr besaßen. Sie waren so glatt wie ein frisch poliertes Tanzparkett.

»Ich bin's«, hörte er Gronaus Stimme aus dem Telefon. »Es kommt Bewegung in den Fall.«

»Bitte?«

»Eine Zivilstreife hat Rudows silbernen Toyota aufgespürt.«

Brodersen erhob sich und vergaß schlagartig den vergammelten Fiesta. »Wo?«

»Sie haben ihn durch halb Pankow verfolgt, aber zum Glück nicht gleich gestoppt. Die Jungs waren clever und hatten im Hinterkopf, warum nach dem Wagen gefahndet wird.«

Brodersen lief langsam zurück zu seinem eigenen Wagen und öffnete die Fahrertür. »Und jetzt?«

»Jetzt steht der Toyota auf dem ehemaligen Bahngelände. Irgendwo gegenüber von einem Baumarkt.«

Brodersen nickte heftig. Er wusste, welche Stelle gemeint war. Schnell bedankte er sich bei Gronau, warf das Mobiltelefon auf den Beifahrersitz und schob sich hinter das Lenkrad. Hastig startete er den Motor und preschte mit quietschenden Reifen vom Parkplatz.

Viel schneller als zulässig fuhr er die Rothenbachstraße hoch in Richtung Prenzlauer Promenade. Die nächste Ampel zeigte zwar Rot, aber Brodersen scherte sich nicht darum. Rasch erreichte er das Gelände des ZACK-Baumarktes mit seinem großen Parkplatz. Links davon, in Richtung der Kleingärten, gab es diesen neuen Sandweg über das ehemalige Bahngelände. Diese vorläufige Ersatzzufahrt für die Laubenpieper, die anders nicht mehr zu ihren Grundstücken kommen würden, seit man im Zuge des Streckenneubaus der Eisenbahntrasse die Brücke an der Straße *Am Feuchten Winkel* abgerissen hatte. Und dort stand auch der weiße VW Golf der Zivilstreife.

Brodersen stoppte, stellte den Motor ab und stieg aus.

Die Kollegen kurbelten die Seitenfenster des Golf herunter und nickten dem Kommissar zur Begrüßung zu.

»Wo ist der Wagen?«, fragte Brodersen.

»Er ist dort hinübergefahren«, antwortete einer der Zivilbeamten und deutete mit dem ausgestreckten Zeigefinger in die entsprechende Richtung. »Ein Mann saß im Fahrzeug. Wir haben ihn aber nicht sehr gründlich anschauen können, ohne dass wir aufgefallen wären.«

Brodersen ließ seinen Blick über das Bahngelände schweifen. »Und jetzt?«

»Wir haben entschieden, hier zu warten. Der Mann, der mit dem Toyota auf den Sandweg eingebogen war, hat keine Chance, über einen anderen Weg das Gelände zu verlassen. Zumindest nicht mit dem Auto. Er muss also wieder an uns vorbei, wenn er wegwill. Notfalls stoppen wir ihn hier und nehmen ihn fest. Aber es wäre wohl besser, wenn ihr den Mann dort hochnehmen könnt, wo er sich versteckt hält, oder?«

Brodersen nickte. »Das ist genau das, was wir uns gewünscht haben.« Er holte sein Telefon aus dem Auto und wählte Kochs Nummer, um nachzufragen, wo die Kollegen blieben. Die Sache war eilig. Sie schienen nah dran zu sein an der Lösung des Falls. Brodersen blickte erneut hinüber in die Richtung, wohin der Toyota verschwunden war. Möglicherweise würden sie hier auch Rudow finden. Und vielleicht auch die Beute aus dem Einbruch bei *EMA-Lange*.

Kaum dreißig Minuten später rollte Kellners Kadett heran. Koch saß auf dem Beifahrersitz.

»Jetzt ist gleich noch mal Bescherung«, rief Kellner, nachdem er ausgestiegen war, und tippte sich mit Blick zu den Kollegen vom Abschnitt zum Gruß mit zwei Fingern an die Schläfe. »Jetzt holen wir uns die Geschenke ab.«

Brodersen legte die Stirn in Falten. Kellner war ein Kasper, da konnte einer sagen, was er wollte. »Wir sollten keine weitere Zeit verlieren«, schlug er vor, um dem Treiben des neuen Kollegen schon im Vorfeld zu begegnen. »Lasst uns mit Olivers Wagen langsam über das Gelände fahren.«

Koch wiegte den Kopf hin und her. »Wäre es nicht vielleicht besser, wir würden zu Fuß …?«

Brodersen schüttelte den Kopf. »Ich denke, da fallen wir viel mehr auf. Du weißt doch, Schurken und Ganoven riechen uns Bullen drei Meilen gegen den Wind.«

Koch zog die Augenbrauen hoch. Dann nickte er. Offenbar war ihm klar, dass Brodersen recht hatte.

»Dann wollen wir mal«, sagte Kellner forsch, öffnete die hintere rechte Tür seines Kadett und bedeutete Brodersen, Platz zu nehmen. »Mal sehen, was uns erwartet …«

21. Kapitel

Es war ein merkwürdiger Ort, dieses alte Bahnbetriebswerk mit all seinen halb verfallenen Gebäuden, von denen einige noch in bemerkenswert gutem Zustand waren. Während sie über einen holprigen Sandweg fuhren, der dort entstanden war, wo ehemals die Gleise verliefen, blickte Brodersen sich um und überlegte, wo das Versteck sein könnte. War es eine von den morschen Bretterbuden, deren Türen offen standen und in deren Innern sich allem Anschein nach vor allem Gerümpel und Unrat befanden? Oder war es eines von den moderneren Häusern, die - zwar zum Teil mit zerschlagenen Scheiben, aber immerhin - noch einen halbwegs manierlichen Eindruck machten?

»Ich tippe auf das große Verwaltungsgebäude«, meinte Kellner und wies auf das entsprechende Haus, als sie langsam darauf zu fuhren. Obwohl es ganz sicher bessere Zeiten gesehen hatte, wirkte es in der Tat noch einigermaßen intakt. Die Zeiger der großen Uhr an der Fassade hingen herunter und zeigten eine irreale Zeit an.

Und dann sahen sie ihn: In einer Lücke zwischen zwei alten Schuppen stand Rudows silberner Toyota. Koch entdeckte ihn als Erster und machte die beiden anderen darauf aufmerksam.

Kellner fuhr noch ein Stück weiter bis zur nördlichen Ausfahrt des Geländes; da, wo sich die Kleingärten befanden. Dann drehte er um und parkte den Kadett neben einem großen Kiesberg. Zeitgleich gab Brodersen den Kollegen, die vorn in ihrem Zivilgolf warteten, übers Handy Bescheid, dass sie den Toyota entdeckt hatten und wo er stand.

Dann stiegen sie aus und schlichen vorsichtig und in gebückter Haltung zurück zu dem Bereich, wo sie Rudows Wagen entdeckt hatten. Die Schuppen, zwischen denen er geparkt war, befanden sich in einem erbärmlichen Zustand: Die Türen waren aus den Angeln gerissen, sämtliche Scheiben zerschlagen und der Wind fegte durch die verkommenen Räume.

»Hier kann keiner hausen«, flüsterte Koch, »nicht um diese Jahreszeit.«

Brodersen nickte. Sein Blick fiel auf das massive Gebäude, welches sich rechter Hand befand. Die Fassade sah - von einigen Graffiti-Schmierereien abgesehen - recht gut erhalten aus, die Fensterscheiben waren allesamt intakt und ... über dem Schornstein flimmerte die Luft. Es war kein richtiger Qualm, wie wenn man einen Ofen heizt, aber es war ein eindeutiges Zeichen dafür, dass aus diesem Gebäude Wärme aufstieg. Brodersen zog Koch am Ärmel und wies ihn darauf hin.

Auch Kellner wandte seinen Blick zum Schornstein und pfiff leise durch die Zähne. »Wenn das kein Zeichen ist«, sagte er flüsternd und griff nach seiner Dienstwaffe. »Meine Herren, ich würde sagen, wir gehen rein ...«

Koch zögerte. »Vielleicht sollten wir Verstärkung anfordern?«

»I wo«, winkte Kellner ab, »das kostet uns viel zu viel Zeit. Die von der Zivilstreife sagen, der Mann saß allein im Auto. Wenn wir Glück haben, treffen wir in diesem Haus nur auf ihn.«

»Und hoffentlich auf Rudow«, fügte Brodersen hinzu und zog sein Mobiltelefon aus der Tasche. Er schilderte den Kollegen vorn an der Ausfahrt die gegenwärtige Situation und erklärte, dass sie in Anbetracht der Lage sofort zugreifen würden. Dann schickte er Koch einmal um das Haus herum, um zu sehen, ob es möglicherweise einen Hinterausgang gab. Aber das war nicht der Fall.

Also stellten sie sich zu dritt vor die Eingangstür, Koch und Kellner hielten ihre Waffen in den Händen, wechselten einen letzten Blick und dann drückte Brodersen auf die Klinke. Es war abgeschlossen. Also hob er seine Hand und schlug gegen die Metalltür. Einmal, zweimal, dreimal. Nichts geschah.

»Hier ist die Kriminalpolizei!«, brüllte Kellner. »Öffnen Sie!«

Keine Reaktion.

Da auch auf ein zweites Rufen hin nicht geöffnet wurde, trat Kellner kurzerhand die Tür ein. Drinnen herrschte das totale Chaos. Im Eingangsbereich lagen alte Aktenordner auf dem Boden verstreut, daneben standen Propangasflaschen und leere Bierkästen. Alles sah verlassen, zerschlissen, uralt aus.

Aber hinter diesem Durcheinander befand sich eine Art Büro, in dem ein Tisch, drei Stühle und eine Pritsche standen. Sauber und offenbar in Benutzung.

Kellner wies nach rechts und deutete auf eine weitere Tür. »Da riecht es nach Rauch«, flüsterte er.

Also postierten sie sich an dieser Tür und Koch riss sie ruckartig auf. Dann erhellte sich sein Gesicht. »Na bitte«, sagte er und grinste. »Ist ja doch jemand zu Hause.«

In dem Raum befanden sich Friedrich Jockel und ein weiterer Mann, der einen Personalausweis auf den Namen Georg Prinzhorn bei sich trug und höchstwahrscheinlich auch wirklich auf diesen Namen hörte. Beide taten völlig unbeteiligt. Sie beschwerten sich über das Vorgehen der Polizei und behaupteten, *ganz zufällig* in der Gegend gewesen zu sein und sich hier lediglich ein bisschen umsehen zu wollen. Dabei seien sie auf dieses Gebäude gestoßen und verwundert gewesen, dass es offenbar noch benutzt würde …

Brodersen winkte nur ab und betrachtete die Holzkisten, die das Zimmer ausfüllten. Es waren Kisten der Firma *EMA-Lange* und in ihnen befand sich jede Menge Metallschrott. Sehr wertvoller Metallschrott, wie Brodersen vermutete. Sie hatten also das Diebesgut gefunden und sie hatten Jockel und Prinzhorn gefunden. Wen sie bislang nicht gefunden hatten, war Rudow.

Also setzte sich Brodersen mit Jockel an den Tisch im Büroraum und befragte ihn, während Kellner und Koch sich Prinzhorn vornahmen und gemeinsam das Diebesgut und den Toyota inspizierten.

Viel kam bei der Befragung Jockels nicht heraus. Zunächst versuchte er zu leugnen, Rudow überhaupt zu kennen oder jemals von ihm gehört zu haben. Auf den Toyota angesprochen erklärte er, den Wagen hätte Prinzhorn *gefunden*.

Irgendwann reichte es Brodersen und er schlug mit der flachen Hand auf die Tischplatte. »Jetzt hören Sie endlich auf mit Ihren Märchen! Reden Sie schon, Mann: Wo ist Rudow hin? Was haben Sie mit ihm gemacht?«

Jockel schüttelte den Kopf. Einen Augenblick lang schwieg er noch. »Weg is er …«, sagte er schließlich.

»Wie weg?«

»Na, weg eben. Abgehauen. Mit unserem Lieferwagen. Und mit ein paar Sachen, *die ihm nicht gehören* …«

Brodersen hob die Augenbrauen. »Was für ein Lieferwagen - Typ, Farbe, Kennzeichen?«

»VW LT, weiß …«

Brodersen notierte sich Jockels Angaben und auch das Kennzeichen, das ihm genannt wurde. Anschließend gab er die Daten an die Leitstelle weiter und ließ den Transporter zur Fahndung ausschreiben. »Und wo ist er hin?«

Jockel sah Brodersen ausdruckslos an und mimte den Unwissenden.

»Passen Sie mal auf, Herr Jockel. Wir wissen alles über Sie und Ihre Kumpanen. Leugnen ist zwecklos, wir haben in den Unterlagen Ihres Freundes Rudow detailliertes Material über Ihre Beutezüge und den Verkauf gefunden.«

»Sie haben *was*?«

Brodersen nickte. Seine Übertreibung hinsichtlich des *detaillierten Materials* hatte funktioniert. »Ihr Freund hat wohl zunächst nur an eine Reportage gedacht, daran, aus dem Ganzen eine Story zu machen. Irgendwann muss er dann selbst in die Sache hineingeraten sein …«

»*Hineingeraten*«, Jockel ließ ein verächtliches Zischen erklingen. »Er war scharf auf die Kohle! Er war beeindruckt von der Leichtigkeit und der geringen Mühe, mit der man an die Ware kam und an die guten Absatzchancen, vor allem im Ausland …«

»Im Ausland?«

Jockel winkte ab. »Ich sage gar nichts mehr, klar? Ich bin nur ein kleiner Fisch, ich bin nur ein Mitläufer. Alles andere müssen Sie und Ihre Kollegen mir erst mal beweisen.«

Brodersen drehte den Kopf und sah zum Fenster hinaus. Draußen standen Koch und Kellner und vernahmen gemeinsam Prinzhorn, den anderen Buntmetalldieb. Ruckartig drehte Brodersen sich zurück und griff nach Jockels Kinn. »Wohin?«, zischte er. »Wohin ist Rudow?«

»Lassen Sie mich los! Ich werde mich über Sie beschweren, Sie ...«

»Wohin?«, wiederholte Brodersen seine Frage und drückte kräftiger zu.

»Sie Schwein!«, krächzte Jockel. »Sie ...«

»Wohin?«

»Polen«, hauchte Jockel schließlich. »Warschau.«

Brodersen ließ Jockels Kinn los und stieß ihn auf den Stuhl zurück. Er wusste, dass er eindeutig zu weit gegangen war, aber es ekelte ihn einfach an. Konnte hier jeder machen, was er wollte? Hatten die Täter mehr Rechte als die Opfer?

»Das werden Sie bereuen«, stieß Jockel aus und rieb sich das Kinn, »ich werde Ihnen eine reinwürgen, dass Ihnen Hören und Sehen vergeht ...«

»Ja, ja.« Brodersen winkte ab. Dann griff er nach seinem Handy, rief erneut die Leitstelle an und ergänzte seine Fahndungsmeldung um das vermutliche Ziel Rudows: die polnische Grenze.

22. Kapitel

Rudow wusste, dass sich die Abfertigungsanlagen und die Passkontrolle erst hinter der Brücke befanden und somit schon auf polnischem Territorium lagen. Mit zitternder Hand griff er in seine Jackentasche und zog den Personalausweis hervor.

Ob man schon nach ihm fahndete? Oder nach dem Transporter? Dass Jockel und Prinzhorn ihn angezeigt oder den Verlust des Wagens gemeldet hatten, schloss er so gut wie aus. Die beiden hingen viel tiefer drin als er. Aber ganz gewiss war er, Rudow selbst, inzwischen längst als vermisst gemeldet. Daniela hatte sicher Druck gemacht, damit man nach ihm suchte. Kam man wegen einer solchen Vermisstenmeldung in die Fahndungskartei? Und wie weit reichte der Informationsfluss in derartigen Fällen? Reichte er bis zu den polnischen Grenzbehörden?

Vorsorglich hatte Rudow es vermieden, einen der großen Grenzübergänge zu benutzen, die an der Autobahn lagen. Außerdem war es von hier nach Küstrin am kürzesten. Vielleicht hatte er ja Glück und sie würden *hier* nicht mit ihm rechnen.

Es war eine blödsinnige Idee gewesen, sich auf diese Sache einzulassen: bei einem Diebstahl mitzumachen. Noch dazu bei einem Diebstahl von solchem Ausmaß!

Hatten sie ihn gelinkt? Wussten Jockel und Schorsch von seiner Vergangenheit? Aber: Konnten sie überhaupt davon wissen? Und wenn ja, woher?

Eigentlich war Rudow sich sicher, dass sie nichts wussten. Aber diese Kiste … War das alles wirklich nur Zufall?

Egal. Er hatte irrsinnige Panik bekommen, als er die Kiste geöffnet und hineingesehen hatte. Es war wie ein Schlag ins Gesicht. Oder wie ein Stich ins Herz.

Seine Flucht – so überstürzt und unvorbereitet war sie nicht geplant gewesen. Aber sie schien in Anbetracht der Lage der einzige Ausweg zu sein.

Der Weg ist das Ziel – wie oft hatte er diesen Spruch gehört und versucht, ihn für sich umzusetzen. Er hatte versucht, den Weg so ausgefüllt und sonnig und erlebnisreich wie möglich zu gestalten. Es war ihm nicht gelungen. *Der Weg ist das Ziel*, dachte er. Würde man das auch zu einem Mann sagen, der in der Wüste umherirrt und am Verdursten ist? Würde man zu dem sagen: *Der Weg ist das Ziel*? Und was würde er antworten? Er würde ganz sicher anderer Ansicht sein und sagen: *Mein Ziel ist eine Wasserquelle, nichts sonst …*

Und er, Rudow selbst? Er befand sich auf der Flucht. Nicht erst heute, sondern schon jahrelang. Seit damals schon, seit *dieser Sache*. Dieser Weg, sein Weg, konnte doch auch nicht das Ziel sein. So etwas war doch kein Ziel.

Vor ihm begann sich der Verkehr langsam zu stauen. Es staute sich zwar nicht so weit zurück, wie er es manchmal erlebt hatte, an Samstagvormittagen, wenn die Berliner zum Einkaufen ins billigere Nachbarland fuhren, aber immerhin.

Als die Kontrollstation in sein Blickfeld rückte, machte Rudow einen langen Hals und versuchte zu erkennen, wie gründlich kontrolliert wurde. Wurden die Dokumente einzeln geprüft oder reichte ein kurzer Blick und man wurde durchgewinkt, wie so oft? Meist standen ein Beamter der deutschen Bundespolizei und ein polnischer Kollege nebeneinander und blickten mehr oder weniger streng und aufmerksam drein.

Je näher Rudow der Zollstation kam, desto sicherer wurde er, dass er Glück hatte. Die Grenzkontrolle bestand heute offenbar nur aus einem oberflächlichen Blick auf die Papiere und in das Fahrzeug. Der Beamte, der seinen Dienst tat, nahm die Reisedokumente nicht einmal in die Hand.

Mit einem Papiertaschentuch wischte sich Rudow den Schweiß von der Stirn. Er hoffte, dass man ihm seine Aufregung nicht allzu sehr ansah. Es wäre nicht gut, wenn er durch sein Verhalten oder sein Aussehen die Aufmerksamkeit des Kontrolleurs erhöhen würde. Aber letztlich war es ein Glücksspiel. Ein Glücksspiel, bei dem es um alles oder nichts ging. Um Freiheit oder Gefangenschaft.

Als Rudow an der Reihe war und hielt, rauschte das Blut in seinen Ohren. Zitternd stoppte er das Fahrzeug und reichte seinen Personalausweis aus dem Fenster.

»*Dzień dobry*«, sagte der polnische Beamte und wies auf den Transporter und dann zu einer Seitenspur. »Bitte nach dort drüben fahren und aussteigen.«

Rudow spürte, wie sein Herz zu rasen begann. *Der Wagen*, schoss es ihm durch den Kopf, *der Wagen ist auf der Fahndungsliste*! Ja, es musste so sein, denn auf seinen Ausweis hatte der Grenzpolizist noch nicht einmal einen oberflächlichen Blick geworfen. Also der Wagen!

Rudow nickte langsam und lenkte den Transporter dann auf die zugewiesene Seitenspur. In seinem Kopf überschlugen sich die Gedanken. Sollte er aussteigen und zu Fuß über die Grenze rennen, in der Hoffnung, dass es dem Zoll mehr um das Fahrzeug und dessen Ladung ging als um ihn selbst? Oder sollte er so tun, als wüsste er gar nicht, woher das Zeug im Transporter stammte? Sollte er das Unschuldslamm spielen? Käme er damit durch? Nein, dachte er, wohl kaum. Sie würden ihn verhaften und nach Deutschland zurückbringen.

Und wenn es nur eine Routineangelegenheit war? Wenn sie die Ladung gar nicht inspizierten? Schließlich gab es Zollkontrollen seit dem EU-Beitritt Polens nur noch in begründeten Ausnahmefällen. War dies ein solcher Ausnahmefall?

Rudow blickte in den Rückspiegel und sah, wie zwei Uniformierte auf seinen Wagen zugelaufen kamen. Aber es waren keine polnischen Uniformen, die die Männer trugen, sondern deutsche! Die Männer waren von der Bundespolizei!

Volker Rudow handelte instinktiv. Den Motor, den er hatte laufen lassen, ließ er aufheulen und raste mit Vollgas über die vor ihm aufgestellte Reihe Absperrkegel hinweg in Richtung Polen. Hinter sich hörte er das Erschallen eines Alarmhornes und er hoffte, dass sie nicht auf ihn schießen würden. Aber gab es so etwas eigentlich noch, einen Schießbefehl?

Im nächsten Moment schepperte es mächtig unter dem Wagen, der Transporter begann zu schlingern und Rudow hatte Mühe, das Lenkrad gerade zu halten. *Nagelbrett*, schoss es ihm durch den Kopf und im nächsten Moment wusste er, dass er erledigt war. Kurz vor einem kleinen Gebäude, in dem sich eine Wechselstelle befand, kam der Transporter zum Stehen.

Resigniert umklammerte Rudow das Lenkrad, ließ seinen Kopf daraufsinken und schloss die Augen. Es war vorbei.

23. Kapitel

Um dreizehn Uhr dreißig erfuhr Brodersen von Rudows Verhaftung. Die Zentrale hatte ihn auf dem Mobiltelefon angerufen und informiert. Obwohl Kellner der Meinung war, man sollte mit der Befragung und dem weiteren Vorgehen abwarten, hatte sich Brodersen spontan entschlossen, an die Grenze zu fahren und Rudow vor Ort zu vernehmen. Wie es aussah, würde man den Journalisten zwischenzeitlich auf das Gelände der Bundespolizei nach Manschnow bringen, ein paar Kilometer von der deutsch-polnischen Grenze entfernt. Dort würde er bleiben, bis ein Gefangenentransporter organisiert war, der ihn nach Berlin brachte. Das alles konnte Stunden dauern und Brodersen war viel zu interessiert daran, den Mann zu sehen und zu sprechen, nach welchem er seit ziemlich genau einer Woche gesucht hatte.

Der Kommissar kam gut voran. Er benutzte die A 10, den *Berliner Ring*, bis zur Abfahrt Hellersdorf und bog dann auf die Bundesstraße 1 in Richtung Seelow.

Als er sich in der Nähe von Müncheberg befand, klingelte sein Mobiltelefon. Da er nicht über eine Freisprecheinrichtung verfügte, bremste er, fuhr rechts heran und stellte den Motor ab. Dann zog er das Gerät hervor und blickte auf die Anzeige. Es war Gronaus Nummer.

»Jürgen? Was gibt's?«

»Es geht um deine Skelett-Sache. Ich habe gerade mit den ermittelnden Beamten gesprochen.«

»Und?«

»Na ja, derzeit gestaltet sich die Lage so, dass man zwar weiß, dass es sich um eine männliche Person mit einem ungefähren Alter von fünfunddreißig bis vierzig Jahren handelt und dass der Tod dieses Mannes durch einen vermutlich stumpfen Gegenstand eingetreten ist, der ihn seitlich am Kopf getroffen hat. Am Schädel hat man entsprechende Hinweise gefunden. Ansonsten aber sind die Umstände, die zum Tod dieser Person geführt haben, vollkommen unklar.«

»Fünfunddreißig bis vierzig Jahre alt, sagst du ...«, Brodersen überlegte, ob Fork das Alter seines Bruders genannt hatte.

»So hat man es mir mitgeteilt.«

»Und wie lange lag er da schon, kann man das bereits sagen?«

Gronau raschelte mit Papier. »Die Experten meinen, seit etwa zwanzig Jahren. Vielleicht etwas länger ...«

»Hmm«, brummte Brodersen, »sollten da nicht eigentlich alle Knochen längst ... verwest sein?«

»Das habe ich die Kollegen auch gefragt.«

»Und was haben sie geantwortet?«

»Dass es immer wieder dazu kommt, dass Tote unter bestimmten Umständen langsamer oder in seltenen Fällen auch überhaupt nicht verwesen. Es hängt wohl unter anderem mit der Beschaffenheit des Bodens zusammen.«

»Aha.«

»Aber weißt du, was noch interessant ist?«

»Sag's mir.«

»Man hat eine Armbanduhr gefunden, die der Tote getragen hat.«

Brodersen wechselte das Handy von der rechten in die linke Hand.

»Eine Armbanduhr?« Die würde Fork vielleicht identifizieren können.

»Ich habe es mir aufgeschrieben: Es ist eine mechanische Digitaluhr, Marke *Ruhla,* mit blauem Zifferblatt.«

»Eine *mechanische* Digitaluhr?«

»So hat man es mir gesagt.«

»Hmm«, brummte Brodersen erneut. »Na gut. Sonst noch Daten?«

»Das war alles.«

»Gut. Dann danke ich dir dafür. Auch, dass es so schnell ging.«

»Gern«, entgegnete Gronau. »Wofür brauchst du denn die Auskünfte?«

»Das«, antwortete Brodersen, »ist eine lange Geschichte. Ich erzähle sie dir ein andermal, okay?«

Gronau lachte und sie beendeten das Gespräch.

Drei Minuten nach fünfzehn Uhr betrat Kommissar Brodersen das Verwaltungsgebäude der Bundespolizei in Manschnow. Ein Beamter in Uniform brachte ihn zum Vernehmungszimmer, welches in einem viergeschossigen Betonbau untergebracht war.

Brodersen betrat den Raum und dann sah er ihn zum ersten Mal persönlich: den Mann, hinter dem er seit einer Woche her war.

Volker Rudow befand sich in keinem guten Zustand. Sein Äußeres hatte kaum noch Ähnlichkeit mit dem Foto, welches der Polizei von Daniela Rudow für Fahndungszwecke zur Verfügung gestellt worden war. Der Journalist war unrasiert, seine Haare strähnig. Vor allem aber hatte er dicke Augenringe und sah vollkommen fertig aus.

Nachdem der Uniformierte sich nach draußen verzogen und sie allein gelassen hatte, setzte Brodersen sich Rudow gegenüber und nannte seinen Namen und den Grund seines Besuchs. Er sagte dem Journalisten, dass er die Vermisstenanzeige seiner Frau bearbeitete. Und somit auch alles, was mit dem Verschwinden Rudows in Zusammenhang stand.

Der Journalist nickte müde.

»Vielleicht erzählen Sie mir zu Beginn einfach, wie Sie in die Geschichte mit dem Einbruch bei *EMA-Lange* hineingeraten sind«, versuchte es Brodersen behutsam. »Sie sind doch, wenn ich richtig informiert bin, bislang strafrechtlich ein unbeschriebenes Blatt.«

Volker Rudow seufzte leise. »Ich hatte zunächst nur eine gute Story gewittert«, begann er langsam. »Eine Geschichte, die sich vielleicht auch in größerem Rahmen verkaufen ließe. Nicht nur in den regionalen Blättern oder in der *Tagespost*, sondern so richtig groß. Vielleicht in einem der bekannten Nachrichtenmagazine. *FOCUS* oder *SPIEGEL* oder so. Zumindest aber wäre damit mehr Geld zu machen als mit Berichten über korrupte Politiker, gefällte Bäume oder prügelnde Hauptschüler.«

»Also begannen Sie zu recherchieren ...«

Rudow nickte. »Genau. Ich ließ ein paar Beziehungen spielen, sprach mit Bekannten, die sich ... nun ja ... auch schon mal den einen oder anderen Euro mit Messingklinken oder Teppichstangen verdient hatten.«

»Solche Leute gehören also zu Ihren Bekannten ...«

»Zwangsläufig«, fuhr Rudow fort. »Das bringt der Journalistenjob so mit sich, dass man solche Menschen kennenlernt. Man ist ja hin und wieder auch auf einen Tipp angewiesen.«

Brodersen verzog das Gesicht. »Und so sind Sie an die Herren Jockel und Prinzhorn gekommen.«

»Nicht sofort. Zunächst wusste ich nur, dass es sie *gab*. Dass sie Einbrüche und Diebstähle gut vorbereitet und höchst professionell durchführten. Und dass sie eine Menge damit verdienten.«

»Also, wissen Sie, Herr Rudow, *verdienen* ist in diesem Zusammenhang vielleicht nicht das richtige Wort.«

Volker Rudow zuckte mit den Schultern. »Wie auch immer. Jedenfalls wollte ich unbedingt an diese Leute rankommen. Namen wusste ich da noch keine, hatte nur vage Hinweise, wann und wo man sie treffen konnte.«

»Stichwort *Feigenbaum*?«

»Unter anderem. Ich kam mir anfangs vor wie einer von *Ihrem* Schlag. Wie einer von der Kripo oder wie ein Privatdetektiv. Irgendwie war das auch spannend. Zumindest so lange, bis ich eine erste und deutliche Drohung erhielt.«

»Den Zettel unter Ihrem Flurschränkchen ...«

Rudow stutzte. »Woher wissen Sie ...?«

»Erzählen Sie weiter, Herr Rudow.«

Der Journalist schüttelte leicht den Kopf.

»Also ja – genau diese Nachricht, diese Drohung lag eines Tages in meinem Briefkasten.«

»Und dann?«

»Ich habe weitergemacht. Das war ja auch die beste Chance ...«

»Was denn für eine Chance?«

»Nu ja«, Rudow strich sich über sein stoppeliges Kinn, »die Chance, dass sie den Kontakt zu mir aufnehmen würden.«

»Sie meinen …«

»Genau. Irgendwann waren sie da und wollten mich verprügeln. Weil ich nicht lockerließ. Weil ich nicht aufgab, hinter ihnen her zu spionieren.«

»Das soll ich Ihnen glauben?«

»Es ist die Wahrheit. Ich gebe zu, dass es kühn war. Vielleicht auch sehr kühn für meine Verhältnisse, aber ich hatte gehört, dass Freddy und Schorsch, also Herr Jockel und Herr Prinzhorn, dass sie nicht zu Gewalttätigkeiten neigen würden. Dass sie kleine Ganoven seien, aber keine Schläger.«

»Man kann nie wissen …«

»Da haben Sie sicher recht. Aber ich bin dieses Wagnis eingegangen. Und die zwei haben sich auch wirklich darauf eingelassen, mich mitzunehmen, bei ihrem nächsten Ding, das sie drehen wollten. Später erfuhr ich, dass sie dafür ohnehin einen dritten Mann brauchten.«

Brodersen schüttelte den Kopf.

»Vielleicht …«, Rudow blickte auf seine Finger, »vielleicht war es auch ein neuer Versuch von mir, mich abzulenken. Meiner Angst und meiner Last zu entkommen …«

»Ihrer … Angst und Ihrer Last?«

»Ja«, sagte Rudow leise. »Die ganze Geschichte beginnt nämlich nicht erst mit meinem Verschwinden. Sie beginnt auch nicht erst mit meinen Recherchen zum Thema Bunt- und Edelmetallklau. Nein, die ganze Geschichte beginnt viel früher.«

Brodersen sah Rudow auffordernd an und bedeutete ihm, weiterzuerzählen.

»Die Geschichte beginnt schon … 1983.«

»1983?«

»Ja. Und seit knapp zwei Wochen hat mich die Vergangenheit wieder eingeholt, die mich eigentlich nie wirklich losgelassen hat. Seit knapp zwei Wochen, als sie … den Toten gefunden haben. Den Toten im Gleis …«

»Moment, Moment«, Brodersen rieb sich über die Augen, »wollen Sie damit sagen, Sie hätten auch etwas mit der skelettierten Leiche zu tun, die auf dem alten Bahngelände gefunden wurde?«

»Wieso *auch*?«

»Sie haben mehr damit zu tun, als dass Sie nur darüber ... *berichtet* haben?«

Rudow nickte vorsichtig.

»Dann sagen Sie es mir bitte: *Was* haben Sie mit *diesem* Toten zu tun?«

Der Journalist begann leicht zu zittern und Brodersen sah, dass er Schweißperlen auf der Stirn hatte. Also erhob er sich und ging zu dem kleinen Waschbecken, das sich an der Wand neben der Tür befand, nahm ein Glas vom Regal und füllte es mit kaltem Wasser. Dann stellte er es vor Rudow auf den Tisch und setzte sich ihm wieder gegenüber.

Nachdem der Journalist einen Schluck genommen und sich ein wenig beruhigt hatte, begann er weiterzuerzählen. Davon, wie er als junger Bahnarbeiter im Rangierdienst seine Arbeit gemacht hatte. Eine Arbeit, in der er keinen Spaß, geschweige denn Erfüllung fand. Eine Arbeit, die er nicht recht ernst nahm. Bis zu jenem Tag, dem 15. November 1983, als sein Leben sich auf dramatische Weise verändern sollte.

»Ich hatte getrunken an diesem Abend«, sagte Rudow. »Bevor ich zur Arbeit ging. Eine ganze Flasche *Goldbrand*. Das war selbst für meine damaligen Verhältnisse viel. Sehr viel sogar. Zu viel ...«

Brodersen lehnte sich zurück und sah Rudow in die Augen. »Und warum hatten Sie so viel getrunken?«

»Liebeskummer«, entgegnete er, »meine damalige Freundin hatte mich verlassen. Ich kam mir so was von allein vor, dass ich nicht wusste, wie es weitergehen und was ich machen sollte ...«

Brodersen nickte.

»Schließlich fuhr ich zur Arbeit. Zum Rangierbahnhof Pankow. Ich war für die Zugbildung eingeteilt. Als Hemmschuhleger und Kuppler. Die Güterwaggons wurden über den Ablaufberg gedrückt und rollten dann über die Weichenstraßen zu dem Zug, an den sie zur späteren Weiterfahrt angekoppelt werden sollten. Meine Aufgabe bestand darin, die heranrollenden Wagen mithilfe eines Hemmschuhs abzubremsen und dann an den entsprechenden Zug anzukuppeln.«

»Waren Sie da ganz allein eingesetzt? Ich meine, an dieser Stelle?«

Rudow nickte. »An diesem Tag und um diese Zeit war meist nicht so viel los. Das begann immer erst in den frühen Morgenstunden, dass es hektischer wurde; dass mehr Kollegen in diesem Bereich Dienst taten. Ich war also allein.«

»Und dann?«

Rudow nahm einen neuen Schluck aus dem Wasserglas. »Ich war vollkommen unkonzentriert. Einmal vergaß ich komplett, den Hemmschuh zu legen. Der Güterwaggon krachte mit voller und ungebremster Wucht gegen das Zugende. Es gab einen unglaublichen *Bums*. Ich bin sofort hingelaufen, aber es war zum Glück nichts weiter passiert. Es war auch keiner der Waggons entgleist.«

Der Kommissar stieß einen Schwung Luft aus. »Ganz schön dramatisch …«

»Und dann passierte es«, sagte Rudow leise und schluckte. »Der nächste Wagen kam angerollt. Es war ein schwerer Zementsilowagen vom *VEB Zementwerk Rüdersdorf*. Ich trat ans Gleis und legte meinen Hemmschuh auf. Offenbar tat ich das aber nicht richtig, denn als der Waggon den Hemmschuh berührte, gab es ein entsetzliches Geräusch. Die Räder kreischten, Funken sprühten und der Güterwagen verlangsamte sein Tempo. Dann aber hörte das Kreischen urplötzlich auf und ich merkte im selben Moment, wie etwas an mir vorbeizischte. Ganz dicht vorbeizischte. *Der Hemmschuh*, schoss es mir durch den Kopf, *das war der Hemmschuh!* In meinen Ohren dröhnte alles und ich dachte nur daran, was wohl passieren würde, wenn der schwere Zementsilowagen auf die stehenden Waggons des Zuges auftreffen würde.«

Rudow trank erneut aus seinem Glas und Brodersen saß aufrecht da und wartete auf eine Fortsetzung.

»Aber die Katastrophe blieb aus«, fuhr Rudow mit leiserer Stimme fort. »Der Silowagen knallte zwar sehr heftig gegen das Zugende, aber er war offenbar genug abgebremst gewesen, als dass Schlimmeres hätte passieren können.«

»Und dann?«

»Dann wollte ich gerade durchatmen über so viel Glück, als ich *ihn* sah. Als ich sah, was passiert war. Es war kein Waggon entgleist und es war auch keine Ladung beschädigt worden, sondern mein Hemmschuh hatte einen Menschen getötet!«

Brodersen hörte auf zu atmen. Zumindest für einen Moment. Das war eine ganz unglaubliche Geschichte, die er da zu hören bekommen hatte. Eine unglaublich dramatische Geschichte. Und eine Geschichte, an deren Wahrheitsgehalt er nicht zweifelte. »Und das ... haben Sie gleich so wahrgenommen? Ich meine, dass der Mann tot war. Und dass er von Ihrem Hemmschuh getroffen wurde.«

Rudow schüttelte den Kopf. »Nein, nicht sofort. Zunächst sah ich den Mann einfach da liegen, in einer großen Blutlache. Ich bekam einen ungeheuren Schreck und begriff zunächst gar nichts. Dann sah ich den Hemmschuh neben ihm liegen und wusste: Ich habe den Mann umgebracht.«

»Kannten Sie den Mann? War es ein Kollege oder so?«

»Nein. Ich musste mich zwar überwinden, genau hinzusehen, aber ich tat es schließlich. Und nein, ich kannte den Mann nicht. Und ich hatte auch keine Ahnung, wie er auf das Bahngelände gekommen war.«

»Und woher wussten Sie, dass er tot war?«

Rudow zuckte mit den Schultern und vergrub das Gesicht in seinen Händen. »Ich wusste es einfach. Ich wusste es beim ersten Hinsehen: Der Mann ist tot. Es war einfach grauenhaft, diese ganze Situation. Und ich war vollkommen fertig – da lag ein toter Mensch im Gleisbett! Und er war tot, weil ich den Hemmschuh falsch gelegt hatte!«

Brodersen schluckte.

»In meiner Verzweiflung rannte ich schließlich davon – in Richtung der kleinen Bretterbude, in der die Rangiermeister sich umzogen. Neben der Tür stand eine Schaufel, wahrscheinlich schon für den Winter, zum Schneebeseitigen. *Du musst den Toten verbuddeln,* schoss es mir durch den Kopf. *Du musst ihn verschwinden lassen, dann wird alles wieder gut!*«

»Und?«

Rudow schüttelte den Kopf. »Nichts wurde wieder gut ... Aber damals dachte ich, wenn der Körper des Toten verschwinden würde, dann würde auch das Problem verschwinden. Aber so war es nicht. Ich schnappte mir also die Schaufel und rannte zurück zu der Stelle, wo der Mann lag. Zum Glück war der Boden noch nicht gefroren und dort, wo er lag, gab es eine breite Sandfläche, auf der normalerweise Kohlen abgekippt wurden. Als ich den Toten da liegen sah, überkam mich Übelkeit und ich musste mich erbrechen. Dann begann ich zu buddeln wie ein Verrücktgewordener. Es war nicht schwer, die Erde war weich. Schließlich regnete es. Und weit und breit war kein Mensch zu sehen, offenbar hatte niemand etwas mitbekommen.«

Brodersen nickte.

»Dann habe ich das Gelände verlassen und bin nach Hause. Ich habe mich in meinem Zimmer auf den Boden geworfen und geheult. Geheult, geheult, geheult.« Rudow hob den Kopf und starrte Brodersen an. »Und am nächsten Abend bin ich zur Arbeit gegangen, als sei nichts passiert. Es hat zwar Ärger gegeben, weil ich einfach so den Dienst verlassen hatte, aber wegen dem Toten fiel kein Wort. Niemals. Auch später nicht.«

»Und Sie?«

Rudow schüttelte den Kopf. »Ich habe nie jemandem davon erzählt. Ich habe es all die Jahre mit mir herumgeschleppt. Nur mit mir. Niemand wusste davon ...«

»Noch nicht einmal Ihre Frau?«

»Noch nicht einmal die.«

Brodersen holte tief Luft. Er konnte sich nicht wirklich vorstellen, wie es Volker Rudow in all den Jahren gegangen sein musste, aber er konnte es zumindest ein wenig erahnen. All die Täter, die Brodersen im Laufe seiner Dienstzeit zur Strecke gebracht hatte, all diejenigen zumindest, die einen Mord begangen oder einen schweren Unfall verursacht hatten, zeigten im Nachhinein, beim Geständnis, bei den Verhören und Vernehmungen so etwas wie Erleichterung. Die Schuld, die sie quälte, war nicht mehr ein dunkles Geheimnis, das auf ihnen lastete wie ein böser Fluch. Sie hatten etwas davon loslassen können. Nicht, dass ihre Schuld davon weniger geworden wäre, aber sie fühlten sich besser. *Sich die Schuld von der Seele reden*, sagte man im Volksmund. Da war wohl etwas dran, dachte Brodersen. Aber er wusste auch, dass der Rest an Schuld - vor allem dem Opfer gegenüber - ausreichte, um den Täter ein Leben lang zu einem Gefangenen seiner Tat zu machen. Und nicht selten endete dieses Leben trotz Geständnis, Verurteilung und Strafverbüßung im Selbstmord.

»Ich versuchte all die Jahre, vor der Erinnerung an diesen Abend zu fliehen«, fuhr Rudow nach langem Schweigen fort. »Aber die Erinnerung holte mich immer wieder ein. Da half aller Erfolg und alles Geld nichts und ich fragte mich ständig, was ich tun konnte, um glücklich zu werden. Um wenigstens ein wenig glücklich zu werden, trotz dem, was passiert war.« Rudow liefen Tränen übers Gesicht.

»Aber es gelang nicht ...«

»Nein. Ich redete mir zwar immer wieder ein, dass es nur ein Unfall gewesen sei, aber schließlich hatte *ich* diesen Unfall verursacht. Und ich hatte nicht den Mut gehabt, zu meinem Fehler zu stehen. Feige hatte ich den Toten verscharrt und gehofft, dass Gras über die Sache wachsen würde.«

Rudow griff nach dem Wasserglas, aber es war inzwischen leer. »Eine Zeit lang ging es mal gut, doch dann kam in regelmäßigen Abständen die Erinnerung und ich fiel wieder in ein tiefes Loch.«

Brodersen erhob sich, nahm das Glas aus Rudows Händen, füllte es erneut auf und gab es ihm zurück. Hastig nahm der Journalist einen großen Schluck. »Irgendwann ging ich zur Zeitung. Die brauchten jemanden, der gut schreiben und fotografieren konnte und stellten mich ein. Obwohl ich gar keine Qualifikationen oder Referenzen hatte - zumindest auf dem Papier nicht. Aber ich konnte das bieten, was sie brauchten. Und ich kannte den Chefredakteur aus meiner Zeit als Gebrauchtwagenhändler. Also gaben sie mir den Job.«

»Bei der *Berliner Tagespost*?«

»Genau. Aber ich habe in letzter Zeit auch viel für die regionalen Blätter geschrieben - diese kostenlosen Anzeigenzeitungen, Sie wissen schon.«

Brodersen nickte.

»Vor zwei Wochen dann klingelte mein Handy und ich hatte einen Bekannten an der Strippe, der ...«, Rudow zögerte, »... der bei der Polizei arbeitet und mir ab und zu einen Tipp zukommen lässt. Nichts Geheimes oder so, nur eben rasch und unkompliziert.«

Brodersen konnte sich denken, was Rudow meinte.

»Als dieser Bekannte mich anrief, wusste ich instinktiv, dass etwas passiert war, was mit mir zu tun hatte.«

»Wieso das?«

Rudow zuckte mit den Schultern. »Keine Ahnung. Ich hatte es irgendwie im Gefühl.«

»Und dann?«

»Er sagte, man habe eine skelettierte Leiche gefunden. Vermutlich aus einem Verbrechen, das schon Jahre zurücklag. Ich brauchte gar nicht nachzufragen, wo - ich wusste es längst.«

»Auf dem Rangierbahnhof?«

Rudow nickte. »Sie haben vor einem guten Jahr damit begonnen, die gesamten Gleisanlagen des Rangierbahnhofs abzubauen. Vermutlich wollte auch die Deutsche Bahn von dem guten Schrottpreis profitieren, der gegenwärtig herauszuholen ist, und die Schienen und Fahrdrähte verkaufen, bevor die Preise wieder sinken würden.«

Brodersen hob die Augenbrauen.

»Außerdem sollen sie vorhaben, auf dem Gelände ein Einkaufszentrum und eine Wohnsiedlung zu errichten, habe ich gehört. Also hat man nicht lange gezögert und mit dem Abbau begonnen.«

»Und Sie haben gedacht, dass man jetzt auf Sie stoßen würde – oder schon gestoßen ist, nachdem man den Leichnam gefunden hatte.«

»Ja, vielleicht. So in etwa.«

»Und deshalb sind Sie geflohen? Deshalb haben Sie Ihre Frau verlassen und sich versteckt?«

Rudow schüttelte den Kopf. »Nicht sofort. Ich wusste eigentlich gar nicht, was ich tun sollte. Als ich dann vom Skatabend kam und mich der Wirt ausbremste, aus dem Auto zog und mir eins auf die Nase gab, dass sie blutete, als ich da so alleine auf der Straße stand, da fiel mir nichts anderes ein, als mich an Schorsch und Freddy zu wenden. Die haben sich zwar gewundert, aber sie haben mir ein Versteck zur Verfügung gestellt.«

Sieh an, dachte Brodersen, *der Wirt hat ihm doch eins versetzt …* »Aber warum? Warum haben Sie nicht mit Ihrer Frau gesprochen?«

Rudow zuckte mit den Schultern. »Warum? Warum? Ich weiß es nicht, warum. Vielleicht habe ich gedacht, dass ich sie da nicht mit reinziehen will; dass es für mich selbst schon schwer genug ist, damit klarzukommen. Irgendwie dachte ich, dass ich alles noch ändern könnte, dass ich das Ruder noch herumreißen könnte. Wenn ich ein neues Leben anfinge. Irgendwo im Süden. Mit meinem Geld und mit dem Geld, das ich als Anteil bekommen würde, wenn ich bei der Sache mitmachte, die Freddy und Schorsch mir vorgeschlagen hatten. Und zwar nicht nur als Journalist, der eine Story schreiben will, sondern als Komplize. Und Teilhaber …«

»Und die haben Sie dann auch durchgezogen.«

Rudow nickte. »Ja. Leider.«

»Und Ihre … Flucht mit dem Transporter? Hinterher? Als Sie ohne Ihre Kumpels abgehauen sind? Ihre Flucht über die Grenze nach Polen vorhin? Wie kam das? Sie konnten doch nicht wissen, dass wir Ihnen so dicht auf den Fersen waren, oder?«

Rudow schüttelte den Kopf. »Nein. Das konnte ich nicht wissen. Es hatte andere Gründe.«

»Und welche?«

Rudow holte tief Luft. »Heute Vormittag habe ich mit Freddy, also mit Friedrich Jockel, in unserem Versteck auf dem Bahngelände die Ware aus dem Einbruch bei *EMA-Lange* in kleinere Kisten und Kartons umgepackt und dann im Transporter verstaut. Mit dem sollten sie dann am Abend zu einem Kontaktmann gebracht werden, der sie uns abkaufen wollte. Drüben in Polen. In Warschau. Wir wollten die Kisten aber vor der Grenze noch in ein anderes Fahrzeug umladen, das Freddy besorgt hatte. Na ja, jedenfalls war ich also heute Morgen damit beschäftigt, die Sachen umzupacken. Es sollte alles in anderen Verhältnissen gemischt werden. Immer schön Buntmetall und Edelmetall zusammen, damit es nicht so auffiel.«

Brodersen nickte.

»Als ich eine der Kisten öffnete, dachte ich, mich trifft der Schlag. Obenauf, ganz zuoberst lag … ein Hemmschuh! Ich hatte *den* Hemmschuh damals zu verstecken vergessen, hatte keine Ahnung, wo er abgeblieben war. Klar, dass ich jetzt dachte, dass dies *der* Hemmschuh sei und dass sie mich vielleicht erpressen wollten …«

»Und dann?«

»Dann bin ich in totale Panik verfallen. Ich bin völlig durchgedreht. Habe Freddy zur Seite gestoßen und bin raus aus dem Gebäude. *Weg, nur noch weg*, dachte ich. Also bin ich in den halb gefüllten Transporter und sofort los. Das Zeug, was wir schon verladen hatten, war eine Menge wert und wir hatten es durch drei teilen wollen. Würde ich jetzt allein damit verschwinden, schoss es mir durch den Kopf, könnte ich das ganze Geld, was dafür zu kriegen war, für mich behalten und im Ausland vielleicht ein neues Leben beginnen.«

»Und dann sind Sie los in Richtung Grenze …«

Rudow nickte. »Während der Fahrt gingen mir tausend Gedanken durch den Kopf. Ich fragte mich, wie es eigentlich passieren konnte, dass ich in eine derartige Geschichte geraten war. Eine Geschichte, die ihren Anfang mit meinem Fehler auf dem Rangierbahnhof genommen und mich schließlich hierher gebracht hatte. Hierher, in diesen weißen VW-Transporter mit einem Haufen Diebesgut im Laderaum auf dem Weg nach Polen.«

Brodersen nickte. »Sie dachten, es geht nur weiter, wenn es nach oben geht. Wenn Sie noch mehr haben und sind. Wenn Sie weiter davonlaufen vor Ihren Problemen und Ihrer Verantwortung.«

»Ja. So war es.«

»Aber auch die höchste Leiter ist doch oben irgendwann zu Ende und man kommt nicht weiter. Dann kann man nur zurückgehen - oder ...«

»... oder abstürzen«, sagte Rudow.

Einen Moment lang schwiegen sie. Dann erhob sich Brodersen zum Zeichen, dass das Verhör beendet war. Die Kollegen der Bundespolizei würden Volker Rudow später mit einem Gefangenentransporter nach Berlin in die Untersuchungshaftanstalt überstellen.

»Sagen Sie mir noch eines«, wandte sich der Kommissar ein letztes Mal an Rudow. »Warum haben Sie Ihren eigenen Wagen geholt? Warum waren Sie bei sich zu Hause und haben den Toyota geholt? Sie mussten doch damit rechnen, dass Ihre Frau da ist und Sie möglicherweise gesehen werden? Und vor allem: Warum haben Sie den Wagen überhaupt benutzt? Dass er in der Fahndung sein würde, muss Ihnen doch aufgegangen sein ...«

Rudow schüttelte den Kopf. »Ich habe den Wagen nicht geholt. Und auch nicht benutzt. Ich habe zunächst nicht einmal davon gewusst. Es war Schorsch. Er hatte die Schlüssel in meiner Jacke gefunden und geglaubt, wir könnten den Toyota irgendwie noch gebrauchen - und sei es als Fluchtfahrzeug.«

»Das war ... nicht sehr klug.«

»Nein, das war es nicht. Aber es ist gut, dass alles so gekommen ist.«

24. Kapitel

Am drittletzten Tag des Jahres, am Freitag, dem 29. Dezember, betrat Kriminalhauptkommissar Werner Brodersen gegen elf Uhr das Gelände der Caritas-Klinik *Maria Heimsuchung* in Pankow. In seiner Tasche befand sich die Armbanduhr, die sie bei dem toten Mann im Gleis gefunden hatten. Eigentlich war es nur noch ein rostiges Stück Metall, ohne Armband. Aber das blaue Zifferblatt war noch erkennbar und bei der besonderen Art und Form dieses Zeitmessers würde ein Wiedererkennen vielleicht nicht unwahrscheinlich sein. Eine *mechanische Digitaluhr.* Gronau hatte es so genannt und es stimmte: Es waren zwei Scheiben mit aufgedruckten Zahlen, die sich unter einem kleinen Sichtfenster drehten und auf diese Weise die Zeit anzeigten. Ungewöhnlich und eigentümlich, aber interessant.

Als Brodersen das Krankenzimmer von Fork betrat, dachte er einen Augenblick lang daran, dass er wieder mit leeren Händen gekommen war. Abgesehen von der Uhr, aber die war ja ein amtliches Asservat und kein Krankengeschenk.

Fork schien es weder zu stören noch zu verwundern, dass er von Brodersen keine Blumen, Pralinen oder andere Aufmerksamkeiten erhielt. Fork schien es nach Brodersens Eindruck vollkommen zu genügen, dass er ihn besuchte. Anscheinend kam sonst niemand.

»Ich habe mich … erkundigt«, begann Brodersen nach ein paar kurzen Worten der Begrüßung und der Frage nach Forks Gesundheitszustand. »Ich habe mich erkundigt wegen dieser Sache. Wegen des … Toten vom Güterbahnhof.«

Fork nickte ernst und wies auf den Tisch mit den Besucherstühlen. Sie setzten sich.

»Der Gerichtsmedizin zufolge treffen deine Angaben allem Anschein nach tatsächlich auf den Toten zu. Auch der Todeszeitpunkt kommt in etwa hin.«

»Ich hatte es … erwartet.«

Brodersen schwieg einen Moment. Dann fuhr er mit leiserer

Stimme fort. »Sie haben bei dem Toten etwas gefunden, das möglicherweise einer Identifikation dienen könnte.«

Fork hielt den Atem an. »Sie haben etwas … gefunden?«

Brodersen bejahte es. Dann zog er die Armbanduhr aus der Tasche und schob sie zu Fork über den Tisch.

Der griff danach, drehte sie in seinen Händen und nickte dann langsam und kaum merklich. »Genau so eine hatte Bernd. Ich hätte nie mehr an diese Uhr gedacht. Aber ja: Genau so eine hatte er.«

»Dann«, sagte Brodersen leise, »ist mit allergrößter Wahrscheinlichkeit klar, dass der Tote wirklich dein Bruder ist. Aber …«

»Ja?«

»Man wird dich noch bitten, eine Blutprobe abzugeben, um sicherzugehen. Um eine genetische Untersuchung durchzuführen …«

Fork nickte. »Ich stehe jederzeit zur Verfügung.«

»Und dann«, Brodersen massierte sich leicht die Schläfen, »könntest du ihn bestatten lassen, wenn du möchtest.«

Joachim Fork legte die Uhr zurück in die Mitte des Tisches. »Das wäre gut.«

Eine Zeit lang schwiegen sie. Irgendwann blickte Fork Brodersen direkt in die Augen. »Weißt du was, Werner?«

»Was denn?«

»Ich bin trotz allem froh, dass es so gekommen ist. Dass sie Bernd gefunden haben, dass es ein Grab geben wird. Dass ich mir die ganze Sache von der Seele reden konnte und …«, er zögerte, »… und dass ich Gott gefunden habe.«

Brodersen wich dem Blick seines ehemaligen Kollegen aus. »Dass du … *Gott gefunden hast*?«

»Ja.«

»Aber Achim …« Während Brodersen zur nächsten Frage ansetzte, überlegte er, ob sie taktvoll und im Hinblick auf Forks augenblickliche Situation klug war. Aber er stellte sie dennoch: »Du warst so viele Jahre bei der Kripo, Achim. Genau wie ich. Wir haben so viel Leid gesehen. Wie kannst du da allen Ernstes, so … unbefangen an einen … lieben Gott glauben?«

Fork schüttelte den Kopf. »Weißt du, ich habe mir genau diese Frage ja auch gestellt. Und ich habe gründlich darüber nachgedacht. Hier hatte ich ja den ganzen Tag Zeit.«

»Und?«

»Nun, ich habe mich gefragt, wer denn einen Mord begeht. Wer einen Menschen tötet. Oder ein Kind misshandelt. Wer fängt einen Krieg an? Ist es Gott? Oder ist es der Mensch?«

Der Mensch, dachte Brodersen. *Natürlich ist es der Mensch, da mag Fork schon recht haben.* »Aber ... wenn es Gott gibt, dann sieht er tatenlos zu. Er lässt es geschehen, ohne einzugreifen!«

Fork nickte bedächtig. »Du bist jetzt verheiratet, Werner, nicht wahr?«

»Bin ich«, antwortete Brodersen irritiert, »aber was hat ...«

»Und du liebst deine Frau, oder?«

»Ob ich was?«

»Deine Frau - ob du sie liebst?«

»Ja. Sicher. Natürlich.« Worauf wollte Fork hinaus?

»Und deine Frau liebt dich, nicht wahr?«

»Ja, doch ... aber ich weiß nicht, was ...«

»Wie fändest du es, wenn deine Frau gezwungen wäre, dich zu lieben? Wenn deine Frau keine Alternative hätte. Fändest du das gut?«

»Wenn Sie ... gezwungen wäre, mich zu lieben? Wer könnte das schon gut finden? Das wäre doch wohl mehr als verrückt ...«

Fork nickte. »Timon, mein Pfleger, hat mir dabei geholfen, es zu verstehen: Denn genauso ist es mit Gott. Er liebt uns, aber er zwingt uns nicht, ihn ebenfalls zu lieben. Er hat uns als freie Menschen geschaffen und nicht als Marionetten. Er lässt uns unseren freien Willen - auch auf die Gefahr hin, dass wir ihn ablehnen. Und eben auch auf die Gefahr hin, dass wir mit diesem freien Willen Böses tun. Gott will niemals, dass uns Böses widerfährt, aber das Böse ist in der Welt und reißt viele und vieles mit sich. Aber eben um dieser Freiheit willen greift Gott auch nicht in alles ein, obwohl er es zweifellos tun könnte ...«

»Nun, ich weiß nicht …«

»Es stimmt, was Timon sagt: Wir tun bei allem so, als brauchten wir Gott nicht, als seien wir Menschen die Besten und die Größten und unser Verstand und unsere Entscheidungen das Maß aller Dinge. Aber kaum, dass etwas Schlimmes passiert, schreien wir: *Wie kann Gott so etwas zulassen …*«

Brodersen nickte vorsichtig. Auch wenn er nicht alles begriff, was Fork sagte, hatte er doch den Eindruck, dass es nicht ganz von der Hand zu weisen war. »Und du … fühlst dich besser jetzt?«

Fork nickte. »Seit damals, seit der Nacht auf dem Rangierbahnhof, hatte ich Angst. Aber es war nicht in erster Linie die Angst vor Entdeckung oder vor Bestrafung – es war vielmehr die Angst vor mir selbst. Ich hatte Angst vor dem, wozu ich in der Lage war. Ich war erschrocken darüber, dass ich in der Lage dazu gewesen war, meinen Bruder zu Tode zu hetzen. Dass er wegen mir umgekommen war. Dass ich ihn vielleicht sogar erschossen hätte.«

Brodersen nickte.

»Ich fragte mich: Wer bist du eigentlich? Liegt in dir eine Zeitzünderbombe verborgen, die plötzlich hochgehen kann? Und ich merkte: Ja, es gab auch das Böse in mir. Zu welch schlimmen Dingen war ich vielleicht noch fähig?«

»Und das ging all die Jahre so?!«

»All die Jahre.« Fork senkte die Stimme. »Und weißt du was? Selbst wenn ich damals zur Verantwortung gezogen worden wäre, wenn man mich bestraft hätte wegen irgendwas – ich weiß, es ist illusorisch, ich habe ja nichts getan, was gegen die Gesetze der DDR verstoßen hätte, ganz im Gegenteil –, aber selbst *wenn* sie mich damals bestraft hätten, ich weiß nicht, ob mir das wirklich geholfen hätte. Ich glaube, mein Gewissen hätte mich weiter verklagt.«

»Aber Achim, du bist doch nicht …«

Fork hob die Hand und Brodersen verstummte. »Ich bin ein Mensch, der sich solche Sachen sehr zu Herzen nimmt, Werner. Und ich weiß, dass auch ich schuldig bin. Denn ich war es, der Bernd zumindest dorthin gehetzt hat, wo es passiert ist. Wo das passiert ist, was ich bis heute nicht verstehe. Aber heute, seit ein paar Tagen ...«

Brodersen sah seinen alten Kollegen forschend an.

»Seit einigen Tagen weiß ich, dass es eine Lösung gibt. Dass man Schuld loswerden und die Seele heil werden kann.«

»Das ... klingt mir ein bisschen sehr ... - entschuldige Achim, dass ich so offen bin, aber bei allem Respekt - das klingt mir ein bisschen zu ... fromm: *dass die Seele heil werden kann.*«

Fork schüttelte den Kopf. »Ich glaube, es ist so, dass der, der draußen ist, es erst verstehen kann, wenn er reinkommt.«

»Wie meinst du das?«

»Nun«, Fork kratzte sich am Kopf, »kennst du Bleiglasfenster? So bunte Fenster, meist mit Bildern? Man findet sie in vielen Ratskellern und natürlich in Kirchen. Wenn man so ein Fenster von außen betrachtet, sieht es nicht unbedingt beeindruckend aus. Eher dunkel. Und vielleicht erkennt man auch gar nichts darauf. Geht man aber in den Raum hinein, in den Ratskeller, in die Kirche, in das Gebäude und schaut von drinnen auf das Fenster - dann erkennt man auf einmal alles: die Schönheit, die leuchtenden Farben, das Bild. Weil das Licht von draußen durchscheint. So ist es mir auch ergangen. Ich war auch draußen und habe nichts begriffen.«

»Und ... jetzt?«

»Jetzt bin ich drinnen«, sagte Fork.

Brodersen schwieg einen Augenblick. Dann sah er Fork direkt an. »Wir wissen jetzt, wie dein Bruder ums Leben gekommen ist ...«

Forks Gesicht versteinerte sich.

»Wir haben einen Mann gefunden, der damals Rangierer war, auf dem Bahnhof. Dieser Mann hat einen Hemmschuh falsch auf das Gleis gelegt. So falsch, dass dieses schwere Stück Metall weggeschleudert wurde und dabei ...«

»... Bernd getroffen hat ...«, ergänzte Fork mit leiser Stimme. Er setzte sich aufs Bett und vergrub sein Gesicht in den Händen. Nach einer Weile schaute er wieder auf. »Und das ist ... ganz sicher?«

Brodersen nickte.

»Dann war es …«

»Ein Unfall, ja. Der Mann hat fahrlässig gehandelt. Vielleicht auch grob fahrlässig. Aber letztlich war es ein Unfall.«

Forks Gesichtszüge verrieten seine wechselnden Gefühle. »Und dann? Was hat der Mann dann gemacht?«

Brodersen setzte sich zu seinem alten Kollegen aufs Bett. »Der Mann ist vollkommen in Panik geraten und hat ihn vergraben. Direkt an der Stelle, wo es passiert ist …«

Joachim Fork nickte. »Dann war er es, der Bernd dort vergraben hat und nicht die von der Stasi …«

»Ja.«

Einen Moment lang schwiegen sie.

»Du, Werner?«

»Was denn?«

»Kann ich den Mann … sehen?«

Brodersen legte die Stirn in Falten. »Du meinst *diesen* Mann? Den ehemaligen Rangierer?«

Fork nickte.

»Wozu … ich meine, warum willst du ihn denn sehen? Warum willst du dir das antun?«

Joachim Fork schloss die Augen und holte tief Luft. »Weil ich ihm sagen möchte, dass ich ihm vergebe.«

Als Brodersen das Krankenzimmer von Joachim Fork verließ, musste er sich eingestehen, dass er einigermaßen verwirrt war. Obwohl Fork nicht schuld war am Tod seines Bruders, obwohl es sich um einen Unfall gehandelt hatte (oder um eine Verkettung unglücklicher Umstände, wie man so schön sagte) und obwohl nicht einmal Fahrlässigkeit aufseiten von Fork vorlag, fühlte er sich noch immer verantwortlich. Zumindest mitverantwortlich. Trotz all der klaren Fakten spürte Achim eine Mitschuld an der Sache. Und das Verrückte war, dass es ihm, Brodersen, mit seinem eigenen Problemfall im Grunde genauso ging. Seit dem Tag, an dem er im Dienst und aus Notwehr das Leben eines Menschen durch den Einsatz seiner Waffe beendet hatte, war nichts mehr wie vorher. Im Grunde konnte er Achim verstehen. Und im Grunde konnte er sich ausmalen, wie schwer es für seinen alten Kollegen gewesen sein musste, all die Jahre mit dieser Last zu leben. Aber jetzt hatte er offensichtlich einen Weg gefunden, diese Schuld und diese Last zu tragen. Und er hatte noch mehr gefunden: Durch seinen Selbstmordversuch, durch diese bittere Erfahrung und diese schlimme Geschichte war er hierher in dieses Krankenhaus gekommen und hatte einen Pfleger kennengelernt, der ihm von Gott erzählt hatte. Achim hatte auf diese Weise Zugang zum Glauben gefunden. *Glaube heißt Vertrauen,* hatte Achim gesagt. *Vertrauen auf Gott.*

Für Brodersen war all das nicht leicht zu verstehen. Obwohl er selbst Kirchensteuer zahlte, konfirmiert und auch nie ausgetreten war, fragte er sich, ob er eigentlich an einen Gott glaubte. Ob er glaubte, dass Gott wirklich existierte.

Gott war mir früher so fremd wie ein unbekannter Vater, hatte Fork gesagt.

Aber: Ein unbekannter Vater war ein Vater. Er existierte. Auch wenn man nichts von ihm wusste.

Als Brodersen den Aufzug erreicht hatte, lief ihm ein Arzt über den Weg. Ein Arzt, den er schon einmal aus Forks Zimmer hatte kommen sehen.

»Herr Doktor!« Brodersen drehte sich um und lief hinter dem Mann in Weiß her. »Darf ich Ihnen eine kurze Frage stellen?«

Der Doktor blieb stehen und warf einen schnellen Blick auf seine Uhr. Offenbar wollte er Brodersen damit demonstrieren, wie wenig Zeit er hatte.

»Eine kurze Frage nur«, sagte Brodersen. »Mein Kollege, Herr Fork hier«, Brodersen deutete auf die Tür von Forks Zimmer, »wie … steht es um ihn?«

»Nun«, sagte der Arzt, »eigentlich darf ich Ihnen ja keine Auskunft geben, aber vielleicht so viel: Die Wunde ist gut angeheilt, aber die Fraktur braucht halt ihre Zeit.«

Brodersen schüttelte den Kopf. »Das meine ich nicht in erster Linie.«

»Nicht?«

»Nein. Ich frage eher nach seinem … psychischen Zustand.«

Der Doktor schmunzelte. »Ursprünglich wollten wir ihn in den nächsten Tagen in eine psychiatrische Abteilung verlegen - das machen wir mit den meisten Suizidpatienten so.«

»Ursprünglich?«

»Mittlerweile sehe ich keinen Grund mehr dafür. Es geht Herrn Fork gut und aus meiner Sicht besteht auch kein Rückfallrisiko.«

»Und was … lässt Sie da so sicher sein?«

Der Doktor zeigte auf Forks Tür. »Seine Ausgeglichenheit. Er scheint begriffen zu haben, worum es geht. Und dass Selbstmord keine Lösung ist.«

»Aber sein … wie soll ich es nennen … sein Gerede. Sein Gerede von Gott …«

»… ist ein sehr gutes Zeichen«, setzte der Arzt Brodersens Satz fort. »Wissen Sie, wenn jemand wie er, der psychisch derart am Ende war, dass er zur letzten und schlechtesten aller Möglichkeiten gegriffen hat, wenn so ein Mensch von Vergebung und Schuldbefreiung spricht und es auch ernst meint, dann weiß ich, dass er was begriffen hat.«

Brodersen strich sich über die Haare. »Und was?«

»Dass es einen Ausweg gibt. Und dass es mehr gibt, als man oberflächlich zu sehen meint.«

»Und Sie sind sich sicher …«

»Glauben Sie mir«, unterbrach der Arzt, »ich spreche aus Erfahrung: Viele Menschen merken erst, wenn sie ganz tief fallen, dass es ein Netz gibt, das sie auffängt.«

»Und Herr Fork hat dieses Netz …«

»… erlebt, ja.«

Brodersen nickte langsam. »Und Sie als Arzt, als … Naturwissenschaftler - haben kein Problem damit?«

»Womit?«

»Mit dem Glauben an Gott.«

Der Doktor schüttelte heftig den Kopf. »Absolut nicht. Ich bin selbst Christ und habe erlebt, wie Jesus Menschen verändert. Nein, damit habe ich ganz und gar kein *Problem.*« Er sah erneut auf die Uhr. »Und jetzt entschuldigen Sie mich bitte, ich muss zu einer OP.«

Der Arzt eilte davon und Brodersen drehte sich verwirrt um, ging zurück zum Fahrstuhl und fuhr ins Erdgeschoss. Als er die Klinik verließ, klingelte sein Mobiltelefon. Es war Daniela Rudow und sie hatte eine gute Nachricht: Ihr Mann war aus der U-Haft entlassen worden und nach Hause zurückgekehrt.

Und Brodersen vermutete, dass er mit einer Bewährungsstrafe davonkommen würde.

Epilog

Am Dienstag, dem 16. Januar 2007, fuhr Brodersen seinen ehemaligen Kollegen Joachim Fork vormittags um halb elf zum Gipsentfernen in die Klinik.

Als sie nach einer halben Stunde das Krankenhausgelände wieder verließen, war Forks Armverband verschwunden und die Verletzungen waren so gut verheilt, dass keine weitere Behandlung notwendig war.

Am Silvestertag war Fork aus der stationären Betreuung entlassen worden und hatte den Jahreswechsel bei Brodersen und seiner Frau verbracht. Eine Operation seines Armknochens war nicht mehr nötig gewesen. Und nun war heute auch endlich der Gips abgekommen.

Während Brodersen die Tür seines Volvos öffnete, hob Fork den Blick zur Sonne und fragte, ob es Brodersen etwas ausmachen würde, mit ihm noch einen kurzen Ausflug zu machen.

Der Kommissar war zwar etwas überrascht, sagte aber gerne zu.

Fork bat Brodersen, mit ihm nach Weißensee zu fahren. In die Piesporter Straße, zum Friedhof. Dort führte er den Kommissar zu einem Gräberfeld im hinteren Bereich.

»Hier liegen meine Eltern begraben«, sagte Fork, als sie an einer breiten Familiengrabstelle angelangt waren. »Und hier soll auch Bernd begraben werden. Platz ist ja noch.«

Brodersen nickte. Dann setzten sie sich trotz der Kälte auf eine Bank, die dem Grab von Forks Eltern direkt gegenüberlag und schwiegen.

Eine Woche lang hatte ihn der Fall Rudow beschäftigt. Eine Woche, in der Brodersen gelernt hatte, dass man sich nicht aus seiner Verantwortung stehlen konnte. Dass man dem, was man mit sich trug und mit dem man schuldig geworden war, nicht entkam. Weder mit einem Krankenschein noch mit einer Flucht oder gar mit Schlimmerem.

Rudow war keineswegs so skrupellos, wie er auf den ersten Blick wirkte. Nein, er war genauso von dem gefangen, was sich damals auf dem Gelände des Rangierbahnhofs abgespielt hatte, wie Fork. Es hatte genauso an seiner Seele gezerrt wie bei Achim.

Allerdings gab es einen Unterschied. Einen deutlichen Unterschied: Fork hatte Angst vor sich selbst - Rudow hatte Angst vor den anderen. Angst vor Entdeckung. Angst vor Strafe.

»Ich war nicht unschuldig«, sagte Joachim Fork nach einigen Minuten in die Stille hinein, »denn es war meine Schuld, dass ich Bernd damals über die Gleise gehetzt habe. Es war meine Schuld, dass ich mich überhaupt habe dazu hinreißen lassen, an diesem *System* mitzutun und nicht zu widersprechen.«

»Aber es war ... eine andere Zeit«, entgegnete Brodersen vorsichtig.

Joachim Fork schüttelte den Kopf. »Ich glaube nicht, dass es etwas mit der Zeit zu tun hat. Vielmehr hat es wohl etwas mit der Einstellung zu tun. Und mit der Bereitschaft, sich daran zu beteiligen, oder dem Mut, sein Mittun an Derartigem zu versagen. Es liegt nicht an der Zeit. Auch heute gibt es auf dieser Welt noch Grenzen, an denen Menschen im Kugelhagel sterben.«

»Und es kann dir auch hier passieren«, fügte Brodersen leise hinzu. »Und du musst noch nicht einmal in einem anderen Land sein oder an einer Grenze stehen oder Soldat sein. Es kann dir auch im Dienst passieren, dass du schießen musst. Dass du ... ja irgendwie doch Schuld auf dich lädst, obwohl du nach allen Strafgesetzbüchern der Welt unschuldig bist, weil es Notwehr war. Oder weil du größeren Schaden verhindert hast.«

»Ich war nicht mutig genug, zu meinen Fehlern zu stehen.« Fork erhob sich und scharrte mit seiner Schuhsohle über den Boden. »Ich habe all die Jahre geglaubt, ich würde diese Schuld nie mehr loswerden. Bernd war tot, die Menschen in meiner Nähe wussten nichts von dem, was ich getan hatte, und hätten es wohl auch nicht verstanden und ich selbst - ich selbst konnte mir diese Schuld nicht vergeben. Es war wie ein schwarzer Schatten auf meiner Seele. All die Jahre. Und tief in meinem Innern weiß ich: Selbst, wenn mir alle

Menschen dieser Welt vergeben hätten - es hätte nicht gereicht. Es hätte mich nicht ... frei gemacht.«

»Und jetzt?«, fragte Brodersen und kannte die Antwort längst.

»Jetzt habe ich erfahren, dass es wirkliche Vergebung gibt. Ich kann es dir nicht beschreiben. Ich kann es dir auch nicht erklären. Ich kann dir nur sagen, dass es so ist, als sei eine zentnerschwere Last von mir genommen worden. Dass ich mich frei fühle. Befreit und leicht. Diese Vergebung ist wie eine tiefe Liebe, die ich spüre und die ein neues Leben möglich macht. Und das Wunderbare daran ist, dass sie mir selbst die Fähigkeit gegeben hat, vergeben zu können. Denen, die *mir* wehgetan haben. Ja, auch denen, die mich in diese Situation gebracht haben. Vorher war da immer ein Groll gegen die anderen. Das ist wie mit Schmutz in einer Wunde: Solange der noch darin ist, kann sie nicht heilen. Und solange man nicht vergeben kann - anderen und letztlich auch sich selbst -, solange bleibt die Erinnerung eine offene Wunde. Jetzt habe ich zwar immer noch die Erinnerung, aber die Wunde heilt.« Fork schob den Ärmel seiner Jacke zurück. »So, wie diese Narbe auf meiner Haut zurückbleibt, aber nicht mehr schmerzt, wie einmal die Wunde geschmerzt hat, von der die Narbe stammt.«

Brodersen nickte. Er glaubte zu verstehen, was Fork meinte. Und er wusste, dass er sich mit dem auseinandersetzen musste, was *ihm* passiert war. Wofür *er* verantwortlich war. Dass er nicht fliehen konnte vor dem, was er in seinem Herzen fühlte und was an seiner Seele nagte. Er wusste, dass er einen Weg finden musste. Und er fühlte, dass er sich eine solche Erfahrung auch wünschte, wie Joachim Fork sie gemacht hatte: Vergebung zu bekommen und vergeben zu können.

Randy Singer

Der Jurist

Pb., 13,5 x 20,5 cm, 448 S.,
Nr. 394.894,
ISBN 978-3-7751-4894-8

Wahrheit. Gerechtigkeit. Und ein falscher Zeuge.
Unglaublich, aber wahr: Professor Dagan hat einen Code gefunden, mit dem man alle gängigen Verschlüsselungsprotokolle im Internet knacken kann. Doch dann gerät seine Entdeckung in die Hände der chinesischen Mafia und das FBI bekommt Wind von der Sache. Wider Willen werden drei angehende Juristen in die Sache verwickelt. Ihr Mentor, Professor Snead, gibt Schützenhilfe. Kann der berühmte Jurist der Gerechtigkeit zum Sieg verhelfen? Bringt die Kronzeugenregelung Licht ins Dunkel? Und welche Rolle spielen die verfolgten Christen in China dabei?

Bitte fragen Sie in Ihrer Buchhandlung nach diesem Buch!
Oder schreiben Sie an: SCM Hänssler, D-71087 Holzgerlingen.